Comme autant de gravides solitudes...

Comme autant de gravides solitudes…

Françoise
Barats
Pallez

© 2020 Pascal Barats

Illustrations FrankWinkler / Pascal Barats

Edition : BoD - Books on Demand
12/14 rond-point des Champs Elysées
75008 Paris
Imprimé par BoD – Books on Demand, Norderstedt
ISBN : 9782322252770
Dépôt légal : 10 - 2020

A ma mère

La terrasse

Jamais il ne serait venu à l'idée de quiconque d'appeler ce petit rectangle de ciment gris de trois mètres sur quatre une terrasse. Et pourtant madame Noblet, qui en avait l'entière jouissance, ne l'appelait jamais autrement.

Cette 'terrasse' donnant sur cour, était en fait le toit plat d'une cuisine ajoutée à moindres frais et comme à contrecœur à l'appartement du rez-de-chaussée. Vu ainsi, ce toit aurait pu malgré tout mériter le nom de terrasse s'il n'avait buté contre le mur d'un immeuble, qui lui aussi donnait sur la cour. Si bien que, coincée entre ces deux bâtisses grises de trois et quatre étages elle ressemblait plutôt à la photo d'un radeau qu'un marin intrépide aurait prise in extrémis au milieu d'une tempête. Cernée par deux hautes vagues de murs tristes, à l'est comme à l'ouest, jetée comme une passerelle au-dessus du vide, elle donnait sur deux courettes profondes et étroites, au nord et au sud.

Pas la moindre balustrade ni le plus frêle garde-fou ne protégeait celui qui s'y risquait, seul un fil de fer où s'agrippait un lierre timide et clairsemé délimitait l'arête de ce toit plat ; à l'autre bout, il n'y avait rien. Mais trois fils d'étendage s'étiraient d'un immeuble à l'autre : ils servaient aux lessives de madame Noblet.

Cette terrasse semblait sans histoire, sans passé, comme incolore, ou plutôt d'une mélancolique grisaille : les quelques plantes en pots le long du mur ne parvenaient pas à la rendre accueillante, mais les nombreuses lessives de madame Noblet y séchaient en paix, profitant des rayons obliques du couchant qui réussissaient à se faufiler entre les deux immeubles et les maisons jouxtant les cours.

Trois rangées parallèles de linge étendu comme autant de voilures claquaient au petit vent de cette fin d'après-midi de septembre : les torchons de cuisine bariolés et les serviettes de table monogrammées finissaient de sécher tandis que les chemisiers de broderie fine et les robes aux empiècements ajourés étaient prêtes pour le repassage. Madame Noblet le savait, et décida de rentrer sa lessive ou du moins ce qui était déjà sec. Pour ce faire, elle se dirigea vers la porte-fenêtre de sa chambre à coucher, le seul et unique accès de la terrasse, accès quelque peu risqué d'ailleurs car la porte-fenêtre légèrement décalée par rapport à la terrasse, s'ouvrait sur le vide, mais madame Noblet avait fait poser une passerelle, sorte de petit pont suspendu en biais muni d'une rambarde plutôt symbolique qui devait la protéger du vertige. Madame Noblet allait donc emprunter ce chemin hasardeux lorsqu'une voix féminine venue de l'immeuble d'en face l'obligea à s'arrêter net : madame Noblet, en effet, avait besoin de toute son attention, de toute sa vigilance pour enjamber le puits sombre de la cour entre sa chambre et la terrasse, et commencer une conversation avec une inconnue ne pouvait aller de pair avec cet exploit. Elle resta donc debout devant sa porte-fenêtre ; la voix venait d'une pièce légèrement en contrebas, une cuisine probablement, à en juger par les poêles et les casseroles qui en encombraient le rebord. "Les nouveaux propriétaires sans doute" pensa-t-elle :

hier, elle avait entendu les déménageurs. "Fallait-il placer la gazinière sous la hotte d'aération ou devant la fenêtre ?" On avait dû la placer sous la hotte car l'accès à la fenêtre semblait dégagé et c'était de là précisément que venait la voix qui parlait à madame Noblet ou plutôt qui, de but en blanc, lui posait une question. Madame Noblet pensa que c'était bien à elle que l'on s'adressait puisqu'il n'y avait personne d'autre à proximité, personne aux fenêtres, ni bien entendu, personne sur sa terrasse. Mais à qui est-elle, cette terrasse ? Madame Noblet qui n'avait jamais, au grand jamais, vu son droit sur la terrasse ni mis en doute ni contesté, ressentit cette question comme une agression, voire un crime de lèse-majesté, de lèse-propriétaire conviendrait mieux.

Bref, cette question bien innocente en apparence, vint, comme une bombe, ébranler la sérénité de madame Noblet. Une terrasse qu'elle occupait, enfin, que ses lessives, son chat, son lierre et ses plantes en pots occupaient depuis presque quarante ans, ces fils d'étendage qu'elle avait vu sceller et qui franchissaient allègrement toute la largeur de sa terrasse, ce lierre qu'elle avait planté il y avait plus de vingt ans et qu'elle soignait comme on soignerait un invalide ou un rescapé du désert, en période de sécheresse bref, tout ce territoire acquis en bonne et due forme, et que ratifiait un encart ajouté au bas de son contrat de vente, pouvait-il dans l'esprit d'autrui, ne pas lui appartenir ?

    C'était là une idée monstrueuse, une éventualité qui laissa plusieurs secondes madame Noblet sans voix, puis l'incongruité même de la question lui apparut plutôt comme une plaisanterie de très mauvais goût et ce fut d'un ton goguenard, voire sarcastique que madame Noblet lança pour ainsi dire à la cantonade. A qui pourrait-elle être, cette terrasse ? Je suis la seule à pouvoir m'y rendre ! Il faudrait avoir des ailes sinon ! Cette sortie plutôt leste et sans équivoque provoqua le retrait de l'attaquant et madame Autier, la nouvelle venue, qui avait osé risquer cette inconvenante question, bredouilla quelque chose que madame Noblet ne saisit pas. Madame Noblet, que cet incident avait quelque peu perturbée en avait oublié sa lessive mais le petit vent nerveux qui se manifeste souvent au coucher du soleil fit claquer sur son fil un chemisier de chantoung, la rappelant à son devoir immédiat : sa lessive.

Empruntant d'un mouvement précis et machinal ladite passerelle, elle se coula pour ainsi dire sur la terrasse en évitant de regarder le fond de la courette nord. Heureusement, Quelques rameaux de lierre en masquaient vaguement la profondeur obscure et inquiétante en cette heure de fin d'après-midi d'automne. Tout était sec même les épaisses serviettes éponge aux couleurs pastel. La terrasse reprit après le passage de madame Noblet son aspect désolé de 'no man's land' désert et disponible. Pussy, le chat de madame Noblet était rentré dès que le dernier rayon oblique avait laissé les lieux dans l'ombre de la naissante grisaille du soir. Cet énorme chat entièrement noir et au regard jaune inexpressif menait sa maitresse par 'le bout du cœur'. Il possédait dans la cuisine, une sorte de 'portioncule' où il passait le plus clair de son existence, mais où, manifestement, il ne se plaisait pas : on l'entendait souvent signifier son impatience par des miaulements subtils dont la modulation particulière n'échappait pas à madame Noblet qui finissait toujours par lui ouvrir toute grande mais à contrecœur la porte vitrée de son salon empire, où elle se plaisait tant à moquer avec ses amis un de ses aïeux, grand chambellan chez un arrière-petit-fils du Grand Condé. Là, le rebondi soyeux des sièges en satin vert excitait Pussy, immanquablement : il s'y précipitait et tentait de s'y faire les griffes, mais madame Noblet qui le connaissait bien, elle l'avait vu naître et le considérait comme son propre enfant, lui donnait une tape vigoureuse sur l'arrière-train et l'obligeait ainsi battre en retraite sous un meuble d'où il pouvait lorgner d'un œil concupiscent les poissons rares de l'aquarium : des poissons voiles qui, d'un coup de nageoire diaphane en forme d'éventail traversaient l'eau lumineuse comme des couples de danseurs romantiques. C'était son poste d'observation préféré, un œil sur l'aquarium, l'autre sur les sièges empire. Mais madame Noblet veillait au grain, et même si l'échauffourée se terminait pour elle par une longue griffure au bras ou une morsure à la cheville, Pussy se retrouvait toujours au bout du compte dans sa 'portioncule' entre son bac à sciure et son plat de croquettes, et cela malgré tout l'amour que lui portait sa maîtresse. La terrasse lui servait de jardin les jours de soleil et il y étalait sa toison noire et luisante de chat bien nourri ; la lumière qui filtrait jusque sur la surface grise de la terrasse faisait briller chaque poil et donnait à ses moustaches un air de mystère qui le métamorphosait, lui conférait un statut de chat magique, de chat de peintre naïf, voire de chat impressionniste.

Lorsqu'il laissait pendre dans le vide, au-dessus de la courette du côté sud, sa patte décontractée de yogi, la terrasse en semblait véritablement transformée ; elle devenait un havre de paix, un petit jardin suspendu de Babylone, un morceau de paradis tour à tour perdu et retrouvé, surtout lorsque la lessive de madame Noblet séchait nonchalamment sur ses trois fils et que le lierre et les plantes en pots luisaient de soleil entre les murs gris des maisons voisines : pas étonnant alors que cette terrasse ait excité tant de convoitises, cette verdure auréolée de lumière un peu voilée et cette béatitude faite chat. Avouez que c'était tentant - madame Autier la regardait avec envie et sa cuisine lui paraissait d'autant plus sombre avec ce coin de soleil à portée de la main et cependant inaccessible. Madame Noblet, qu'une insomnie avait obligée à se lever plus tard que d'habitude, fut réveillée brutalement par des coups violents et répétés : d'où provenaient-ils ? Pas de son immeuble assurément - il était quasi désert à cette heure de la matinée. Entrouvrant alors les volets de bois plein de sa chambre elle entendit distinctement cette fois, une série de coups de marteau jaillir pour ainsi dire de la fenêtre d'en face, cette fameuse fenêtre d'où l'on avait mis en doute son titre de propriétaire de terrasse ! On semblait cogner avec hargne dans le mur même de l'immeuble. Ce mur était vétuste : les pitons de ses trois cordes à linge n'étaient-ils pas menacés ? Cette pensée à peine conçue fit tourner sa vrille insidieuse dans l'esprit inquiet de madame Noblet : finies les ondoyantes et paisibles lessives, et que deviendrait son lierre fidèle qui ne tenait que par un fil ? Des visions apocalyptiques venaient frapper à la porte de son angoisse chaque coup : c'était tout simplement insupportable...

Donc, de l'autre côté de la terrasse, les Autier n'étaient pas inactifs, car, s'ils étaient ravis d'habiter enfin au centre-ville, ils n'appréciaient, cependant pas tout, dans leur nouvel appartement, en particulier ni la hotte de la cuisine, qui prenait beaucoup trop de Place utile, ni les plafonds garnis de poutres qui n'en étaient pas vraiment : des poutres fantômes en quelque sorte.

En effet, dans leurs quatre pièces et même dans leur cuisine, un, deux, voire trois blocs blancs et longilignes enjambaient d'un mur à l'autre, l'espace rectangulaire des plafonds, et ces poutres enduites de plâtre sur toute leur longueur et qui présentaient deux angles vifs, au lieu d'embellir l'espace, l'enlaidissaient et le rétrécissaient. Monsieur Autier décida donc de les dégager de leur gangue de plâtre rétro et entreprit de mettre au jour ces poutres d'origine en chêne massif, aux teintes chaleureuses et où l'on voyait encore la trace des coups de hache du maître-bucheron qui, à l'époque, les avait équarries :

elles évoquaient immanquablement les futaies fastigiées frôlant de vastes clairières ajourées, au temps où l'on pouvait aller de Marseille à Lille à pied, sans quitter l'ombre de nos forêts. Ces poutres brunes dotaient les pièces de l'appartement d'une intimité nouvelle, que les murs hauts et blancs s'étaient jusqu'à présent refusé à donner : une réussite, assurément. Monsieur Autier consacrait au décapage de ces poutres une bonne partie de son temps libre et c'étaient les derniers coups de burin le long de la dernière poutre de sa cuisine qui avaient tant intrigué et tant inquiété madame Noblet, propriétaire incontestée de la terrasse.

L'épouse de monsieur Autier, ne voulant pas être en reste, contribua, elle aussi, au bien-être de la famille et donna le jour à un vigoureux garçon de plus de trois kilos : C'était un bébé couvert de fossettes, à la frimousse rieuse et mobile mais qui ne plaisantait pas lorsque ses heures de tétées étaient en jeu : il émettait alors des cris si perçants et tellement opiniâtres qu'il obtenait toujours gain de cause au bout d'une vingtaine de secondes à peine ; on entendait d'ailleurs ses hurlements rageurs et péremptoires dans tout l'immeuble, du rez-de-chaussée au quatrième étage et jusque dans les maisons qui flanquaient les cours... Le froid était venu : l'hiver ayant grignoté l'automne précocement, les premières gelées avaient transformé les plantes sur la terrasse en chevelures d'algues flasques d'une teinte brunâtre qui vous soulevait le cœur ; seul le lierre tenace avait résisté. La terrasse, désertée pour de bon maintenant, évoquait plutôt une vaste pierre tombale sur laquelle se décomposaient méticuleusement les tristes tiges de géraniums irréversiblement morts.

Pussy ne posait plus une seule patte sur la terrasse glacée, madame Noblet avait renoncé à y étendre son linge et préférait le faire sécher dans la chaleur moite de son cabinet de toilette plutôt que de risquer une fluxion de poitrine ou la grippe espagnole en allant le suspendre sur sa terrasse désolée et funèbre. Pendant cette saison ingrate et morose qu'est l'hiver, les échanges de bonjours courtois d'un immeuble à l'autre, s'espacèrent.

Si bien qu'à l'approche du printemps, lorsqu'enfin la terrasse redevint praticable après que madame Noblet eut jeté les loques hideuses et informes de ses plantes gelées, une sorte de quant-à-soi régentait encore les rapports des habitants des immeubles autour de la terrasse : on s'était en quelque sorte perdu de vue, calfeutré que l'on était derrière ses propres fenêtres fermées, les volets eux-mêmes étaient restés obstinément clos pour économiser le chauffage ; on s'était ignoré pendant l'espace d'une saison et l'on éprouvait quelque difficulté à renouer les liens de bon voisinage. Il fallait bon nombre de lessives pour que les conversations redeviennent ce qu'elles avaient été l'entrée de l'hiver. A présent on avait atteint le stade des bonjours amicaux suivis d'un brin de conversation sur la douceur retrouvée de l'air et la tiédeur encore un peu trop timide du soleil. Pussy se risquait à nouveau sur sa terrasse après cette longue abstinence : on le sentait encore tout gauche et craintif. Pour une saison, la terrasse avait cessé de lui appartenir et il la voyait à présent d'un œil tout neuf ; A qui avait-elle appartenu pendant l'hiver ? Qui était venu roder sur son coin de bonheur disparu ? il fallait à nouveau qu'il l'apprivoise, qu'il la fasse sienne... Et pour ce faire, il y restait chaque fois un peu plus longtemps et petit à petit il se laissait envahir par une impression de plénitude de plus en plus satisfaisante : il était nouveau le maître incontesté de son espace zen, de son dojo.

Mai, le joli mois de mai avec ses effluves légères, d'allègre douceur et de promesses fut enfin là. Madame Noblet prenait le frais à sa porte-fenêtre avant de se coucher lorsqu'un léger chuchotis lui fit dresser l'oreille : on parlait voix basse dans la cuisine de madame Autier. La nuit avait envahi les deux cours séparées par sa terrasse que l'on distinguait à peine, seules quelques feuilles de lierre d'un vert tendre luisaient au bord du vide, et vibraient d'un friselis presque imperceptible que seule madame Noblet percevait, plus avec son cœur d'ailleurs qu'avec l'ouïe, car son lierre, son chat sa terrasse et ses plantes vertes faisaient partie d'elle-même et c'était de l'intérieur qu'elle les appréhendait et les ressentait. Donc madame Noblet tendit l'oreille et, elle qui était d'une discrétion presque maladive, sentit le rouge de la honte lui monter au visage tandis qu'elle retenait son souffle pour mieux entendre ce que l'on disait de l'autre côté de la terrasse, dans la cuisine de la famille Autier. La fenêtre était grande ouverte et se détachait comme un long rectangle clair sur le bleu lumineux du soir encore à son début. Madame Noblet voyait passer et repasser sa voisine en ombre chinoise et ne l'entendait distinctement qu'au moment précis où l'ombre franchissait l'espace découvert : "fenêtre" "manque de soleil" "bébé" "ancienne porte" "abattre" "mur" "autorisation" "mairie". Le mot « fenêtre" et le verbe "percer" revinrent plusieurs fois avant que l'éclairage de la cuisine s'éteignît et que la voix se tût.

Madame Noblet reçut le choc en plein cœur lorsque, mettant l'ensemble bout à bout, après avoir deviné les mots manquants, elle lut pour ainsi dire entre les mots perçus et comprit qu'il s'agissait tout bonnement de percer une fenêtre, là où jadis une ancienne porte permettait aux familles des deux appartements de part et d'autre de la terrasse, de communiquer, voire même d'aller les uns chez les autres par le chemin le plus court, sans avoir à descendre les étages ni à sortir dans la rue. En effet à cette époque, c'est à dire aux alentours des années trente, les deux immeubles appartenaient à des familles alliées et la porte-fenêtre servait en quelque sorte de trait d'union, mais une mésalliance provoqua la rupture et l'on se hâta de murer ladite porte afin de préserver l'intimité de chacun et de montrer une désapprobation réciproque. Madame Noblet, qui quelques années plus tard avait racheté l'un des appartements ainsi que la terrasse, connaissait toute l'affaire et jouissait avec délice de tous leurs avantages : pignon sur rue et vue sur les cours, et bien entendu, l'usage entier, définitif et exclusif de la terrasse. Cette fois madame Noblet sentit l'intimité de sa terrasse directement menacée, l'ennemi était à sa porte et n'attendait plus que le feu vert de la mairie pour percer le mur et y ouvrir une fenêtre. Bien décidée à ne pas se laisser faire, madame Noblet prit les devants et téléphona à son amie, l'ancienne propriétaire des lieux ; " Comment ? On veut percer le mur de la cuisine ? Mais c'est tout simplement impensable, le mur est vétuste et le pan tout entier risque de s'écrouler. Ils ne peuvent pas le faire, ils n'ont pas le droit ". Madame Noblet qui était bien de cet avis, se sentit donc rassérénée et dormit cette nuit-là d'un sommeil calme et profond, jusqu'au moment précis où le premier coup de masse dans le mur de la cuisine des Autier, la réveilla d'un bond, la plongeant aussitôt dans l'insolente réalité : on perçait le mur. Cette fois, ce n'était plus la mise au jour des poutres, ni même la suppression de la hotte trop encombrante, non, cette fois, on frappait dans le mur, l'endroit même où se trouvait jadis l'ancienne porte-fenêtre. Les assaillants étaient tout près, on les entendait parler comme s'ils avaient été sur la terrasse. Et ce que madame Noblet entendit lui donna presque la nausée : tout était décidé, on mesurait déjà la hauteur et la largeur de l'ouverture, on évaluait même la clarté qu'elle donnerait à la cuisine brève, avant d'être percée cette fameuse fenêtre donnait déjà du jour ! Et les coups de redoubler de vigueur. Pourtant, ils n'en avaient pas le droit ! De la fenêtre de sa chambre, dissimulée derrière une cascade de plantes grimpantes, madame Noblet recevait pour ainsi dire en plein cœur ces coups répétés oui signifiaient pour elle la fin de sa suprématie sur la terrasse. Non pas que les Autier aient eu envie d'y percer une porte, ils avaient fini par admettre qu'ils n'avaient aucun droit sur la terrasse proprement dite, mais par contre ils ne renonceraient pas facilement au surplus de lumière qu'une simple ouverture dans le mur, leur procurerait : il serait percé d'un rectangle d'un mètre sur deux et la lumière entrerait à flots dans leur cuisine plutôt sombre et tout en longueur.

Madame Noblet n'en dormait plus ; de la fenêtre de sa chambre elle surveillait le mur d'en face, le scrutait intensément afin d'y déceler la moindre craquelure, la plus petite fente ou la plus légère écaille du crépi. Les coups ne s'interrompaient que pour les repas et s'arrêtaient en fin d'après-midi. C'était ce moment-là de la journée que madame Noblet choisissait pour étendre son linge sur la terrasse, car les coups répétés dans le mur d'en face la troublaient à un point tel qu'il lui était devenu impossible de se concentrer et elle n'allait sur sa terrasse que lorsque les ouvriers étaient partis. Sa lessive étendue faisait comme un rempart entre elle et le mur, et elle retrouvait un peu de sa sérénité passée dans ce silence momentanément reconquis. Mais ce n'était là qu'une trêve, le lendemain l'obligerait à subir de nouveaux harcèlements, de nouveaux assauts, puis un jour viendrait où il lui faudrait se rendre à l'évidence : le mur serait percé, le mur serait forcé et sa terrasse violée ; l'idée de ces atrocités la pourfendait toute et la torturait déjà par avance. Au fil des jours, son angoisse s'exacerbait jusqu'à devenir véritablement insupportable.

Madame Noblet en perdit non seulement le sommeil mais l'appétit ; et devint l'ombre de son ombre. Mais tous les jours, en fin d'après-midi, après le départ des ouvriers, quand le silence était revenu dans la cour, elle s'obstinait à enjamber le vide sur sa passerelle symbolique, et, comme pour marquer son territoire, suspendait une lessive qui, de jour en jour, s'amenuisait, se clairsemait sur ses trois fils. Ses forces la trahissaient sans cesse et comme les ouvriers, à l'approche des vacances, préféraient travailler plus pour gagner du temps, madame Noblet empruntait sa passerelle de plus en plus tard, parfois à la nuit tombante, à l'heure où la pénombre des deux cours se faisait inquiétante, donnant à sa terrasse un aspect funèbre et désolé qui l'angoissait insidieusement. Pourtant il lui était impossible de renoncer à cette tâche qu'elle considérait comme une sorte de pèlerinage, de croisade chaque jour renouvelée et chaque fois plus pénible et plus démesurée, outrepassant ses forces. Un soir, le cœur meurtri, pilonné par le bruit des marteaux, taraudé par celui des burins, l'âme endolorie et rongée de craintes anticipées, madame Noblet se dirigea vers sa terrasse. Il était tard. Calmes étaient les cours. Un souffle léger effleurait les feuilles luisantes du lierre et les tiges graciles des fleurs en pots. Pussy dormait, rassasié, dans sa 'portioncule' rêvant que des poissons-chats nageaient entre le rebondi soyeux des fauteuils empire. Madame Noblet étendait sa lessive : trois ou quatre petits napperons en dentelle de Venise, une ou deux nappes diaphanes et un chemisier de chantoung. Le vent du soir vint les caresser sur leur fil, et madame Noblet que cette quiétude ravissait, se sentit tout coup des ailes. Après avoir jeté un dernier regard attendri sur sa petite lessive et baillé discrètement, se décida à rentrer. Elle avait déjà posé un pied sur la passerelle lorsqu'elle se souvint du mur : elle devait y vérifier les nouvelles fentes et y compter les récentes lézardes. Elle se retourna, posa un pied dans le vide... Elle eut encore le temps de remarquer que le crépi nouvellement écaillé dessinait une grande carte de géographie ressemblant à la Corse, entre la fine dentelle de ses napperons fleuris avant de perdre l'équilibre et de se rompre la nuque au fond de la petite cour en contrebas de sa terrasse. Le lendemain on perça la fenêtre, un petit tas de gravats s'éboula sur le ciment gris de la terrasse, éclaboussant de poussière les feuilles luisantes du lierre, les tiges graciles des fleurs et le chemisier de chantoung qui frissonnait au bord du vide.

Montpellier, le 2 Décembre 1986

Le chemin

L'été venait à peine de finir que déjà la nature semblait se mourir elle-même et prenait, pour bien montrer son renoncement, des teintes, fades et moroses qui évoquaient et annonçaient déjà le pourrissement lent et inéluctable, le long travail qui, au cours de l'hiver, allait se poursuivre se parfaire pour finalement aboutir à la mort de toute feuille, de toute fleur et de toute beauté. Les pluies de l'automne avaient envahi les chemins qu'elles transformaient en torrents et les remplissaient de voix ardentes et tumultueuses lui évoquai celles des prophètes. Mathieu Berger avait lutté toute la matinée, mais le torrent avait gagné et emporté une partie du chemin : ils étaient présents, lui et Jeanne sa femme, pour ainsi dire coupés du monde, retranchés derrière leur forêt de châtaigniers, d'aulnes et de chênes verts. Il y avait bien un sentier de chèvres qui dévalait la colline entre les pommiers et les murets de pierre sèche, il arrivait au hameau comme par surprise, longeant les carrés de légumes derrière les maisons. Mais ce chemin était, lui aussi, impraticable en hiver, oblitéré par les éboulis de pierres mortes que la pluie et le vent faisaient rouler par à-coups entre les troncs.

Chaque hiver, à présent qu'ils étaient tous deux retraités du Trésor depuis trois ans bientôt, voyait Mathieu et Jeanne se suffire à eux-mêmes un peu comme ces marmottes ou ces loirs qui, à l'approche des froids, s'endorment dans leur trou, pour ne se réveiller qu'au printemps. Ces deux êtres leur ressemblaient, comme eux ils avaient engrangé châtaignes et marrons, ces fruits lisses et luisants qui jonchent les chemins dans leur bogue entrouverte et vous laissent entre les doigts une impression de perfection et d'éternité. Ils avaient récolté les grosses fèves rouges accrochées aux longues perches plantées en ronds qui transforment les potagers en camps de Sioux.

Ils avaient fait sécher les figues aux entrailles couleur de sang frais et ramassé les prunes et les noix et cueilli le raisin qui sécherait au soleil, sur le pas de la porte. Le jambon qui leur permettrait de passer l'hiver sans l'aide de quiconque, pendait déjà dans la cheminée, se bonifiant au fil des jours. Mathieu, que sa lutte acharnée contre l'eau bouillonnante avait épuisé, contempla le chemin interrompu, culbuté par le torrent qui dévalait la pente laissant de chaque côté comme une plaie ouverte de boue jaune si singulière qu'il détourna les yeux pris de nausée.

En aval, il ne conduisait plus nulle part, ce chemin brisé par la saison des pluies, mais en amont, au-delà de la maison, il montait par paliers jusqu'aux sommets où la vue était vaste et où il ne restait plus rien entre soi et le ciel, rien que les vallonnements sombres des forêts l'infini. On se sentait libre, léger, immense, confondu avec le vent, les nuages, la pluie, la neige. On devenait le vent et les nuages et l'on s'envolait avec eux, la nuit allait descendre, le ciel d'un gris noirâtre annonçait de nouvelles cataractes et vers le couchant, de minces rayons contournaient la masse ventrue des nuages et les bordaient de lumière, la nuit se ferait déluge, il valait mieux rentrer. Ce premier jour de renoncement affectait toujours Mathieu, car c'était le signal, le symbole de longs préparatifs oui d'année en année, les conduisaient tous deux vers la mort.

L'hiver, cette saison, qui par la force des choses et des éléments, les contraignait au renoncement, au dépouillement, à l'isolement, les obligeait à vivre plus intensément chacun à sa manière. Mathieu, que ses voyages comblaient, les préparait, les mijotait pour ainsi dire, pendant l'hiver, et c'était au printemps, comme pour croiser les hirondelles et les cigognes, qu'ils s'envolaient tous deux littéralement, puisqu'ils prenaient l'avion, vers les pays où, la nuit, on voit la Croix du Sud barrer le ciel. Il les concoctait avec amour et minutie, ces pérégrinations, et les libraires, les agences de voyages et la bibliothécaire de la petite ville toute proche, le connaissaient bien, lui qui, à la fin de l'été, à l'époque où se ferment les campings, les gîtes et les hôtels saisonniers, venait dévaliser méticuleusement leurs rayonnages réapprovisionnés à la hâte rien que pour lui. Il remontait chez lui un peu comme Atlas que Zeus avait condamné à porter la voûte céleste sur ses épaules, les bras chargés de livres, de cartes et de revues géographiques. Il avait une pièce bien à lui où il rangeait " ses voyages " comme il disait, et où il pouvait les lire, les rêver, les vivre par avance, les appréhender avec son cœur avant de les vivre dans son corps au printemps suivant. Il possédait des portulans et des mappemondes, un sextant, une boussole et pouvait dire à une heure près, l'angle que ferait l'ombre du Parthénon sur les pierres chaudes de l'Acropole, ou la hauteur des colonnes du charmant temple de Vesta au bord du Tibre. Jeanne n'entrait dans cette pièce que pour y faire le ménage, passer un chiffon doux sur les cinq continents enroulés autour de leur axe, sur les instruments qui servaient à mesurer le ciel et les étoiles et pour chasser la poussière sur les livres qui tapissaient les murs presque jusqu'au plafond. Cependant elle ne savait jamais où l'avion de leur prochain voyage les emporterait, Mathieu tenait à ce que cela restât une surprise et Jeanne n'essayait jamais de savoir, c'était la régle du jeu.

Cet isolement hivernal l'enchantait et la faisait pour ainsi dire ronronner de plaisir, car ce chemin interrompu par les pluies, cette terre coupée du reste de l'univers et surtout cette maison du bout du monde prenaient à ses yeux des dimensions nouvelles et c'était un peu comme si elle en eût été l'impératrice. Elle en parcourait les arcanes et en extrayait des bouffées de bonheur chaque fois plus subtiles et plus émerveillées. Elle savait l'ondoyante mosaïque de l'eau de la source et son discret chuchotis, l'ensorcelant murmure des branches souples du saule dans le petit vent du soir, et, à l'aube les effluves effrontés des thyms et des serpolets mêlés aux senteurs de rosée et d'herbe humide. Dans la maison, elle savait la teinte chaude et vivante de l'armoire en merisier baignée dans les derniers rayons du couchant, elle savait l'heure où les lueurs obliques viendraient teinter de roux les veines claires du bois et les transformeraient en crinière de lion. Elle savait aussi, un peu avant le lever du soleil, renaître dans l'éclat voilé et mystérieux de l'aube dans la grande chambre aux rideaux de chintz. Elle savait enfin l'éternelle métamorphose du feu, assise, les jambes repliées sous elle i dans la profonde bergère à oreilles recouverte de velours vieux rose. Bien engoncée au creux des coussins si vieux qu'ils avaient pris sa forme et l'enveloppaient toute entière, elle détournait parfois son regard de l'univers fascinant du feu qui palpitait dans l'âtre pour, à travers la porte-fenêtre vitrée jusqu'au sol, suivre des yeux le chemin qui monte de la route en contrebas.

Bordé de jonquilles au printemps, il ondoyait au moindre frémissement du vent et prenait un tel relief qu'il éclaboussait de lumière ce coin de nature que la douce déclivité du terrain et les quelques arbres plantés là comme au hasard, dotaient d'une beauté simple et charmante. Le vert intense de l'herbe rehaussait encore l'or chaud et vibrant des jonquilles souples et généreuses et les lui jetait pour ainsi dire au regard, elle en avait plein le cœur et les yeux, à ras bords.

A l'entrée de l'hiver, le chemin impraticable parce que raviné en profondeur par le torrent, ne l'inquiétait guère, au contraire, elle se sentait protégée par cette douve, ce fossé creusé par les eaux, et qui durant toute la saison d'hiver les maintenait prisonniers, ou plutôt empêchait quiconque d'entrer dans leur univers. Ils habitaient alors sur une autre planète, leur vie changeait de signification et de sens. Ils étaient seuls au milieu d'une nature qui, à d'autres aurait paru hostile et rigoureuse puisque leur réclusion n'avait lieu que l'hiver. Il en était tout autrement pour Jeanne qui s'installait avec ce déni dans cet isolement saisonnier et tissait autour d'elle et de Mathieu un cocon de douceur tangible et de bonheur fait d'atmosphère chaude et douillette. Elle savait créer des instants uniques favorisée par l'éclairage tamisé de l'hiver et la chaleur vivante du feu dans la profonde cheminée.

Au milieu de l'après-midi Jeanne servait le thé, c'était devenu un rite immuable quant à l'heure, mais chaque jour enrichi de quelque façon, tantôt changeait l'arôme du thé, tantôt les gâteaux ou les confitures qui l'accompagnaient, ou bien Jeanne découvrait au fond d'un tiroir des carrés de dentelle qu'elle amidonnait et qui servaient à décorer la table basse devant le feu. Il ne se passait pas de jour, durant cette période de confinement hivernal, qui ne vît un embellissement inédit dans son art de servir le thé. Elle y mettait tout son cœur, toute son imagination, et Mathieu qui lui aussi, chérissait ces pauses au cœur de l'après-midi, ne manquait jamais de complimenter Jeanne, d'apprécier chaque innovation et chaque nouveau détail. Ces oasis, après ses lectures, ses recherches historiques qui le faisaient 'bourlinguer' en pensée d'un bout à l'autre de la terre, servaient à Mathieu d'escales et c'était avec jubilation qu'il obéissait à la clochette argentine qui l'appelait pour le thé.

Ces moments de loisir total qu'il partageait avec Jeanne faisaient partie du charme de leur isolement, la minutie qu'accordait Jeanne à leur mise en scène, la tendresse qui faisait briller les yeux de Mathieu en parachevaient en quelque sorte la perfection. C'étaient des moments bénis, des instants privilégiés auxquels ni l'un ni l'autre n'aurait renoncé même au péril de sa propre vie.

L'hiver se faisait adulte et le ciel en ce début d'après-midi avait pris cette luminescence ocrée qui ne trompait pas : le temps était à la neige.

Déjà quelques flocons épars tournoyaient lentement comme s'ils hésitaient à déposer leur blancheur humide sur le sol gris gelé et dur où se recroquevillait une végétation pourrissante. Ils se posaient enfin délicatement n'importe où, comme à regret. Jeanne tapie au fond de sa bergère, contemplait le ballet fascinant de la neige qui se dansait derrière les vitres de la porte-fenêtre.

Orphée, le chat tigré, haut sur pattes et aux yeux comme fardés de khôl, avait sauté de sa chaise basse, observant lui aussi, cette chorégraphie silencieuse qui s'inscrivait langoureusement sur le paysage : le chat et Jeanne semblaient tous deux communier au même mystère, à la même transfiguration, éblouis par la blancheur laiteuse qui, avec entêtement se déposait sur la nature, lui conférant la simplicité et la naïveté d'un dessin d'enfant.

Jeanne adorait la neige car elle enveloppait son univers déjà clos d'un fourreau de douceur et de beauté jointes qui réduisait encore les risques d'intrusion : la neige servait de verrou, Mathieu et Jeanne étaient bel et bien ses prisonniers et ses hôtes tout à la fois. Les reliefs, par-delà la porte-fenêtre, avaient disparu, tout n'était que blancheur et silence entre les troncs noirs que la neige rendait plus sombres encore. Jeanne savourait des yeux et du cœur ce spectacle à la fois minutieux et grandiose ces myriades de petites plumes blanches qui sans bruit envahissaient l'espace, le métamorphosaient et le démultipliaient à l'infini...

Mais dans le vaste silence du paysage un groupe d'hommes s'affairait là où le chemin avait été emporté par le torrent, ils tentaient de jeter d'un bord à l'autre de la crevasse, une sorte de pont-levis afin de relier la maison de Mathieu au reste de la commune, l'hiver s'annonçait rigoureux, il fallait à tout prix limiter les risques. Jeanne aperçut ces silhouettes sans les voir mais leur acharnement et le lieu précis où ils se mouvaient lui apparurent bientôt dans toute leur menaçante signification : ils venaient de tuer sa saison précieuse entre toutes, cette saison hors du temps et de l'espace et qu'elle chérissait plus que sa vie. Ils avaient anéanti ce temps béni des dieux et qui n'appartenait qu'à Mathieu et à Jeanne, ce temps fécond, ce temps à la fois démesuré et sans histoire, pensée insoutenable, inconcevable.

Les ouvriers qui venaient de poser l'odieuse passerelle, ne virent pas Jeanne bondir de sa bergère ni sortir par la porte qui s'ouvrait sur le chemin de la montagne. Son bonheur s'effritait en mille flocons au rythme de la neige, l'air était vif et Jeanne qui avait jeté à la hâte son grand châle bleu sur les épaules, frissonna de chagrin et de froid, les joues encore rougies par la chaleur du feu. Devant elle, le chemin blanc, intact, montait dans la montagne…

Machinalement elle le suivit, lentement, comme on suit un cercueil, le cœur et le corps vide, le cœur et le corps brisé, sans pensée. Le vent qui s'était levé, avait fini par chasser les nuages et remodelait par à-coups la lente architecture de la neige, à sa manière. Il ne neigeait plus et Jeanne que la stupeur avait anesthésiée, tressaillit. Le soleil blême venait de basculer par-dessus les crêtes, laissant les pentes enneigées dans une benoîte lumière violette presque bleue. Bientôt il ferait nuit. Que faisait-elle à cette heure dans la montagne ?

Il faisait de plus en plus froid depuis que le vent s'était levé : Jeanne l'entendait se faufiler entre les branches des pins qu'il débarrassait de leurs épais lambeaux de neige. Un rapace, que sa présence insolite avait dérangé, prit lourdement son envol dans un éparpillement vaporeux. Jeanne s'arrêta, se retourna enfin pour la première fois : dans un creux, la maison se confondait avec le paysage, mais sur le toit, autour de la cheminée, la neige avait fondu. Un liseré de fumée ténue, à peine plus foncée que la neige, à peine plus claire que le ciel couleur d'étain, se pliait aux caprices du vent du soir.

Le chemin qui montait de la route n'avait plus d'existence propre, sauf à l'endroit de la passerelle, là où les ouvriers avaient piétiné et retourné la terre. Ils avaient dû creuser profond pour fixer solidement les attaches du ponceau : on voyait le sol pommeler la neige à cet endroit. Brutalement, Jeanne retrouva sa plaie ouverte et se sentit à nouveau comme amputée d'une saison, sa préférée.

Elle serait donc à jamais mutilée, incomplète, obligée de composer avec ce temps tronqué, forcée de vivre sur trois saisons. Pourquoi fallait-il que ce fût la plus douce, la plus aimée qu'on lui ravît.

Le froid l'obligeait à marcher de plus en plus vite, et la nuit qui se lovait insidieusement autour des pins, mêlait chemins et clairières indifféremment, effaçant peu à peu le moindre contour, la moindre silhouette. Jeanne, que l'émotion, le froid, la fatigue avaient rompue ne distinguait plus rien et avançait littéralement à l'aveuglette sur ce qu'elle croyait être le chemin, un fossé invisible sous la neige, la déséquilibra, sa chute l'étourdit.

Un engourdissement ouaté fait tout à la fois d'exaltation et de langueur l'envahit toute et des visions irisées de palais en marbre blanc aux toits bulbeux se dédoublaient dans eaux d'une limpidité onirique, irréelle et flottaient, très loin, comme des plumes. La neige silencieuse et omniprésente s'installait avec grâce, maintenant que le vent était tombé.

Dans la maison, Mathieu, que le voyage prévu au printemps avait absorbé à un point tel qu'il en avait oublié l'heure, sortit de sa bibliothèque l'esprit encore tout ébloui par les imposantes visions des mosquées d'Agra aux bords de la Jamna et troublé par la beauté de ses jardins d'eaux. Il visiterait l'Inde avec Jeanne croiseraient en chemin le vol radieux des hirondelles et des cigognes.

Montpellier, le 13 Janvier 1987

Le mas

La maison était bâtie tout en longueur au pied d'une restanque où d'immenses pins maritimes l'abritent du mistral au nord. A l'est comme à l'ouest ses fenêtres donnaient sur trois rangées d'oliviers, rangées qu'on avait dû interrompre à l'emplacement de la maison lors de sa construction au début du siècle, les oliviers sont de belle taille, ayant miraculeusement échappé aux hivers incléments de 1929 et de 1956. Ils encadraient les fenêtres de leur feuillage gris-vert minutieux et léger et en été projetant autour d'eux cette ombre subtile et vaporeuse que seuls les grands peintres réussissent à transposer sur leurs toiles. Au sud, au pied de la terrasse qui longeait la maison, une vigne basse, comme tapie contre la terre ocrée, descendait progressivement vers la mer et ne s'arrêtait que là où commence le sable clair de la plage. Cette vigne aux tiges noduleuses s'étalait en carré autour d'un figuier séculaire qui semblait recomposer, restructurer autour de ses branches musclées tout le paysage qui, en contrebas à l'horizon, venait broncher sur la ligne mouvante de la mer.

Julien, qui tenait la maison de ses parents depuis leur mort, l'appelait le mazet, comme eux, alors qu'Agnès, sa femme, disait toujours le mas, en parlant de la maison. Depuis trente ans qu'ils y vivaient, seuls, sans enfants, sans famille, Agnès l'avait transformée et c'était en quelque sorte sa chose, son œuvre, son enfant. C'est elle qui avait donné sa place à chaque meuble, chaque objet rapporté des lointains voyages de Julien, qui avant de prendre sa retraite avait été capitaine au long cours. A chaque retour au mas, depuis son tout premier voyage, bien avant son mariage avec Agnès, il rapportait scrupuleusement un souvenir qu'il choisissait au hasard des escales, au gré de sa bourse ou tout simplement de la place dont il disposait à bord à ce moment-là. Au retour, il les entassait pêle-mêle dans les différentes pièces où ils s'accumulaient sans grâce, comme dans l'arrière-boutique d'un brocanteur négligeant et oisif.

Mais Agnès, qui au début de leur mariage avait supporté avec indulgence et avec un certain détachement ce bric-à-brac cosmopolite, et qui s'était contentée de nettoyer les objets et de cirer les meubles, avait fini par oser les changer de place et avait entrepris de remiser les plus laids dans les combles. Julien qui lorsqu'il revenait, gardait la nostalgie des grands espaces, et ne se trouvait vraiment à son aise que dans sa vigne, sa pinède ou son oliveraie, la laissait libre d'agir à sa guise, Agnès, à qui la solitude et les déménagements ne faisaient pas peur, se mit à transformer le mas selon ses goûts et ses humeurs. La grande salle donnant sur la terrasse, était son domaine préféré et elle avait su au fil des ans et malgré la disparité des souvenirs de Julien, leur trouver un emplacement qui non seulement les mettait en valeur individuellement mais rehaussait la beauté de l'ensemble et cela, malgré leur origine éloignée dans le temps et dans l'espace. Si bien qu'en pénétrant dans la grande salle on assistait à un miracle, une transfiguration des formes et des volumes, car Agnès savait intuitivement équilibrer les couleurs, les lignes et les textures et son instinct l'aidait à se servir de la lumière mouvante et versatile qui nimbait ces objets et les sublimait.

De la sorte, elle avait réussi, à force de ténacité et de tendresse, à métamorphoser en œuvre d'art, un Bouddha de pacotille que Julien avait marchandé au fond d'une méchante boutique de Bangalore.

Elle l'avait remisé sous les combles, agressée par le clinquant jaune paille du laiton flambant neuf. Puis un jour, rangeant la soupente, elle le vit, patiné sous la couche de poussière fine et fut émue par l'expression sereine et méditative de son regard, il n'avait plus rien de criard ni de déplaisant. Ce bouddha assis dans la posture du Lotus, le buste droit, les jambes croisées, repliées à l'extrême, la plante des pieds tournée vers le ciel et lovée dans le creux de l'aine. C'était une reproduction fidèle d'un Bouddha de l'époque Gupta, avec sa protubérance crânienne et sa loupe de poils entre les yeux.

Si la texture de la statue était sans valeur, il n'en était pas de même pour le moule d'origine, car le drapé de la robe le long des genoux pliés avait la souplesse de la vie, et les myriades de ridules sous la plante des pieds s'inscrivaient comme un réseau ténu mais scrupuleux dans le métal bon marché.

Agnès mit des semaines à éteindre l'éclat provoquant du métal et, millimètre par millimètre, afin de ne pas abraser les minuscules sillons. Agnès parvint à donner à la petite statue une patine, un velouté si soyeux, qu'elle enchantait les yeux et les mains, les invitant à la caresse. Puis elle le plaça, là, où l'éclairage somptueux et doux du couchant venait le draper d'une luminescence toute intérieure qui semblait lui prêter vie et pensée.

A ses pieds, dans une coupelle, une seule fleur, blanche, lui conférait une note de simplicité exquise qui ne manquait pas de troubler quiconque prenait la peine de le contempler. Ainsi, lorsque son regard se posait sur la silhouette immobile du Bouddha assis, Agnès sentait vibrer en elle, par-delà l'objet souvenir, grâce aux récits de Julien, la mystique d'un peuple multiple, ondoyant dans l'enchantement silencieux des temples, parmi les bonzes aux robes safranées et mouvantes.

Elle voyageait ainsi, par paroles interposées, dans des pays qu'elle ne verrait jamais mais qu'elle connaissait depuis plus de trente ans. De la sorte, elle avait apprivoisé l'Afrique grâce aux pittoresques anecdotes remémorant l'acquisition d'une superbe défense d'éléphant, arquée comme un pont vénitien ouvragé et fragile, et qu'elle avait placée, bien en évidence, sur le secrétaire empire, dans la grande salle. Julien, lors d'une escale au Ghana, l'avait découverte, dans les méandres d'un souk, enfouie sous des tam-tams et des masques rituels taillés dans du bois d'ébénier.

Sa teinte ivoirine, sa délicate courbure, la finesse et la précision des coups de ciseau l'avaient séduit. C'était une belle œuvre, cette défense d'une seule pièce, dans laquelle l'artiste avait ciselé une ribambelle d'éléphants dont la taille allait s'amenuisant, épousant l'envergure de la défense. Il les avait façonnés dans l'ivoire, les uns derrière les autres, la trompe du plus grand nouée à l'extrémité de la queue de celui qui le précédait, pour aboutir enfin à un minuscule éléphanteau qui brandissait sa trompe d'un air guilleret et victorieux comme s'il venait de franchir les Pyrénées et les Alpes avec l'armée d'Hannibal. Ce cortège d'éléphants, majestueux et gracieux tout à la fois, plaisait à Agnès car il lui servait de mot de passe pour tout un continent.

Elle aimait 'voyager', rien qu'en posant son regard sur un objet-souvenir qui à l'instar de la madeleine de Proust, recréait à lui seul, un univers idéal et lointain, véritable machine à remonter à la fois le temps et l'espace

L'été, à son comble, tremblait de lumière et de chaleur suffocante, Agnès, que la canicule accablait, s'était retranchée, persiennes closes, dans la moite pénombre de la grande salle. Le Bouddha, occulté par l'absence de lumière, avait pris la teinte sombre d'un bois d'acajou et semblait rêver...

Sur le secrétaire, près de la fenêtre, la défense d'ivoire avait perdu ses dentelures et dans la pénombre complice, repris sa forme originelle. Agnès qui languissait après la fraîcheur, les ignora, car le Bouddha, tout comme la défense d'ivoire, n'enfantaient que des images d'étuves et de touffeur. Mais sur le piano, la petite poupée russe, une matriochka qui portait dans son ventre replet onze poupées gigognes, par contre, lui servait d'éventail, de flabellum en quelque sorte, et lui procurait, comme sous l'effet d'un sortilège, une sensation de froid vif et revigorant qui la ranimait, la plongeant d'emblée dans un paysage blanc aux contours adoucis, le long d'un grand fleuve gelé : des troïkas silencieuses glissent sur la Neva prise dans les glaces et la silhouette claire de la flèche élancée de la cathédrale Pierre-et-Paul divise un ciel de plomb non loin de la perspective Nevski, là, précisément où Julien avait troqué, vingt ans auparavant, son chapeau à large bord comme en portait Mistral, contre ces douze matriochkas représentant les douze mois de l'année .L'artiste avait conservé la forme traditionnelle des poupées gigognes russes évoquant quelque peu celle d'une momie rondelette et toute emmitouflée. La première, celle qui contenait toutes les autres, symbolisait janvier, ce mois où tout recommence éternellement, ce mois qui redonne sa chance au perdant, promesse d'une nouvelle tentative... C'était une poupée tout encapuchonnée, portant manchon et houppelande brodés de cristaux de neige en creux et en relief, peints dans une palette de blancs et de gris. Le bois avait été buriné, voire ajouré et avait pris l'aspect d'une fine dentelle givrée, avec le temps les couleurs s'étaient adoucies, estompées et donnaient à présent, l'illusion parfaite de l'albâtre. Février lui ressemblait comme une sœur jumelle.

Les matriochkas de mars, avril et de mai étaient couvertes de bourgeons et de fleurs d'oranger ciselés dans le bois peint vert tendre et rose plus que pâle. Agnès prenait un plaisir ineffable à caresser ce bois, auquel les ans avaient accordé la finesse et la douceur de la peau. Les trois poupées qui évoquaient l'automne, avaient chacune la grâce juvénile d'un Botticelli, à peine guindée, malgré le maintien raide et empesé que leur avait imposé la tradition. Peintes de vert sourd duveteux et de roux flamboyant, gerbe de feu et de mousse. Les flocons de neige et les fleurs d'oranger avaient cédé la place à des feuilles mortes emportées par la bourrasque, feuille de chêne, feuille de bouleau entremêlées, livrée d'automne chatoyante évoquant les soyeux pourpoints de l'époque élisabéthaine. Agnès aimait les sortir toutes et les placer en demi-cercle devant elle, de façon à les voir toutes ensemble, sans manquer un seul détail. Dans ce crépuscule volontaire, elle les percevait plus avec la mémoire qu'avec les yeux, elle les reconnaissait aussi du bout des doigts, effleurant la minutie des ciselures dont le temps et les caresses avaient émoussé les aspérités originelles.

Même pour la dernière, la plus petite qui représentait le mois de décembre et fermait la boucle de l'année, l'artiste avait minutieusement recouvert sa robe d'une myriade d'étoiles de givre aussi minuscules et délicates que les pétales du myosotis sauvage.

La moiteur de l'air s'intensifiait encore. Cependant, parmi les objets souvenirs de Julien, elle en savait un qui saurait la rafraîchir, la soulager, il n'avait été ni acheté, ni marchandé, ni même troqué, mais lui avait été offert dans le tumulte d'une épouvantable marée d'équinoxe, par l'océan Pacifique lui-même, ce mal nommé, appelé ainsi par antiphrase, à cause de ses colériques tempêtes qui broyaient et déchiquetaient les navires et les rejetaient pulvérisés, sur ses côtes hébétées. Julien l'avait reçu des mains de l'océan en quelque sorte, ou plutôt, il avait été jeté, craché, vomi, par le violent ressac, là où la dernière vague se replie pour revenir encore...

Luisant, renouvelé, transfiguré par le flot qui le porte, entraîné, bousculé, il s'était enfin appuyé sur le sable, comme on s'appuie sur une épaule, ce galet à la forme indécise hésitant entre l'arrondi de la sphère et l'ovale de l'œuf. Il reposait à ses pieds, lumineux, poli par la vague et le soleil ras qui se levait à peine. L'onde qui l'enveloppait encore le métamorphosait en escarboucle, en bijou d'impératrice. Agnès le souleva, et comme à chaque fois, s'étonna de son poids, de sa fraîcheur surtout. En effet, par une sorte de miracle de la nature, ce galet sorti ruisselant de la mer, s'imprégnait d'eau lorsque le temps était à la pluie. On observe aussi ce phénomène en Cévennes, où les pierres de rivière annoncent ainsi le mauvais temps : les marches des escaliers de pierre prennent une teinte sombre et se gorgent d'humidité.

Agnès qui appelait ce galet 'le messager de la pluie', se réjouit, le temps allait changer, sa douce fraîcheur pesant dans le creux de sa main sonnait le glas de la canicule, son corps soupira, soulagé. Par une latte brisée de la persienne, le soleil s'était ouvert un chemin et mettait en exergue une lettre sur le "bureau de Julien. Les yeux rivés sur ce coin de lumière, Agnès, comme hypnotisée par ce morceau de soleil emprisonné, circonscrit dans un espace si réduit, déchiffra pour ainsi dire à son insu, les mots jusqu'alors cachés sous le galet, mais un seul l'atteignit en pleine poitrine, comme si elle avait été frappée en plein cœur. Elle se recroquevilla, repliée, lovée autour de sa douleur. 'Viager', ce mot qui balayait tout, lui ôtait tout, enlevait à ce qui lui appartenait cette saveur exquise de possession sans partage, cette entière disponibilité des choses que l'on possède et qui, au fil des ans, ont accumulé sur elles-mêmes l'épaisseur, l'intensité de votre amour. Ces choses qui sont, avec le temps, devenues vous-même, qui sont une émanation de votre moi et qui ne peuvent disparaître sans vous laisser mutilé et meurtri, émondé d'une part de votre individualité, avant-goût de la mort, nécessaire détachement, dénuement progressif, inévitable, avant d'arriver à l'épurement dépouillé et définitif, enfin accepté.

Agnès se sentait comme dessaisie de son identité, son être réduit à l'extrême, n'existait plus ; elle, qui vivait par objets et souvenirs interposés, se sentait à présent comme une écorce vide, sans sève, sans vigueur, comme une enveloppe de chair flaccide et inerte, sans contenu. En perdant le mas, elle se perdait elle-même.

Le mas en viager. Il lui semblait que ces objets souvenirs n'étaient déjà plus là, ou n'étaient là que dans leur apparence, leur âme véritable achetée par la rente viagère, il ne lui restait plus que l'extérieur, l'insignifiant, le superficiel.

    Ce mas qu'elle adorait, sa création, son enfant, le viager l'avait littéralement anéanti ; son regard traversait les objets sans les voir, le bouddha n'était plus qu'un vulgaire bibelot, devant lequel se décomposait une fleur d'un blanc sale, la défense d'éléphant, une horrible dent jaune indécente et grotesque et la kyrielle de poupées russes un amusement puéril en douze exemplaires. Seul le galet du Pacifique, au creux de sa main, avait conservé son charme magique. Rien, pas même un viager, ne pourrait lui ravir son pouvoir évocateur, et pour qu'il échappât au désenchantement, Agnès se promit de le rendre à son élément originel : venu de l'océan il retournerait à la mer : elle le porterait jusqu'à la plage, à l'heure où l'aube fragile se glisse en silence entre les choses et les fait renaître après l'effacement de la nuit, elle longerait la vigne basse, dépasserait le figuier resplendissant dans l'éclat de la rosée épandue sur les larges paumes de ses feuilles comme une offrande, puis elle s'avancerait dans la mouvante transparence sentirait glisser sous ses pieds le sable humide du sol marin, y déposerait le galet comme on dépose pour la première fois un nouveau-né dans son berceau et sur lequel une mère se pencherait sans jamais se lasser...

Dans la tiède fragrance de la pinède, Julien se balançait dans son hamac suspendu entre deux pins, il était fort satisfait de lui-même, la banque venait de lui écrire qu'un viager ne s'imposait plus.

Montpellier, le 1er février 1987

Le balcon

Un petit vent allègre et versatile émiettait les douze coups de midi et en bousculait encore quelques échos tremblants par la fenêtre grande ouverte sur la rue, jusque dans la pièce qui autrefois lui servait de salon. Ces fragiles résonances la surprenaient invariablement en pleine rêverie, elle, qui pourtant guettait midi comme on guette l'arrivée d'un voyageur longuement, fébrilement attendu. Car midi faisait la pause, réduisait le temps distendu, fileté d'un matin à un autre matin, ce temps souple, extensible à l'infini, que rien ne venait combler, meubler, si ce n'était justement cet entracte miraculeusement posé là à la mi-journée.

Midi, depuis qu'elle ne sortait plus de chez elle, était devenu le moyeu de sa vie, sa pierre d'angle, et soutenait en quelque sorte l'édifice entier de ses mornes journées qui, mises bout à bout, côte à côte, telle une mosaïque chagrine, composaient patiemment son existence uniforme, affadie et rétrécie par l'âge et la solitude.

Le douzième coup de midi s'arrondissant comme une bulle, flottait dans l'encadrement de la fenêtre du milieu, sa fenêtre de prédilection, car, étant donné la courbure de la rue, cette ouverture lui offrait le plus grand angle de vue et la perspective la plus longue. Elle lui permettait de dominer, entre la verticalité grisâtre des façades, les murs surbaissés des jardins déversant des torrents de glycines d'un mauve moelleux et délicat qui mêlaient leur parfum à celui des tilleuls dont les frondaisons épanouies surplombaient les murs. Cette fragrance panachée de ciel et de soleil montait jusqu'à sa fenêtre et l'attirait irrésistiblement. Son petit repose-pied en bois de buis jaunâtre, sur lequel elle se hissait périlleusement, lui permettait de se pencher davantage et, du haut de son premier étage, le 'Piano Nobile' des italiens, de culminer au-dessus du théâtre vivant de la rue.

C'était pour elle, à chaque fois, un glorieux ravissement mais aussi une véritable prouesse car il lui fallait se hisser sur ce tabouret, y poser les deux pieds, l'un après l'autre, sans le faire basculer, sans risquer de perdre l'équilibre...

Aujourd'hui, malgré la poétique touffeur de l'air et la promesse d'une radieuse fin de matinée printanière, elle eut du mal à s'installer, debout sur son repose-pied, sa jambe gauche lui parut plus raide que la veille et une petite douleur sournoise aux creux des lombes faillit lui faire perdre l'équilibre. Elle décida de l'ignorer ainsi que les battements éperdus de son vieux cœur.

Sa rue à midi s'emplissait instantanément de mouvement, de bruit et de couleurs et c'était en vérité un des rares liens qu'elle gardait avec les vivants. Ceux qui passaient sous sa fenêtre ne se doutaient guère qu'ils existaient, en gros plan, dans la texture distendue d'une conscience inconnue, insoupçonnée. Ils marchaient, parlaient, riaient entre eux mais quelqu'un s'appropriait leurs paroles, s'emparait de leur personnalité et enfilait bout à bout ces impressions comme on enfile des perles pour en faire un collier et le porter sur soi ; elle thésaurisait patiemment les regards, les gestes et les tressait dans les méandres de leur caractère décelé, deviné, jour après jour.

Ces passants lointains étaient devenus ses proches, elle connaissait leurs défauts, leurs faiblesses pas même leurs tics ne lui échappaient et rien qu'à l'inflexion d'une voix, savait si la matinée leur avait été bonne. De même que le négligé d'une coiffure, une robe à longueur de semaine la renseignait en un seul coup d'œil davantage que tout un volume de psychologie.

Elle savourait ces instants précieux, en équilibre entre la moelleuse pénombre du salon et l'éclat brutal et polychrome de l'animation de la rue, sous ses fenêtres, à midi. Elle était au théâtre en quelque sorte, enveloppée dans le doux clair-obscur d'une loge d1avant-scène et il lui suffisait de se pencher un peu pour découvrir le fascinant spectacle de la vie. En effet, la vie était là, à portée de regard sinon à portée de la main, et, sur son petit tabouret de huis, debout sur la pointe des pieds afin de ne rien perdre de ce qui se passait au dehors, elle s'abîmait dans le moindre mouvement, le bruit le plus ténu ou l'harmonie la plus subtile. Elle recueillait tout, sans trier, sans choisir, goulûment, insatiable comme l'écureuil qui accumule au creux de son arbre, noix et noisettes en prévision de l'hiver.

Le soir, après les trois tours de clef dans la serrure de la porte palière, après le départ de mademoiselle Lacaze, l'aide-ménagère qui lui faisait les courses et venait travailler une heure l'après-midi, sauf le dimanche, elle se sentait délicieusement libérée et se laissait allègrement envahir par la multiplicité des images et des sons qu'elle avait minutieusement engrangés du haut de son poste de guet. Tout semblait alors se recomposer, s'assembler miraculeusement comme un puzzle qu'on aurait enfin achevé : chaque personnage s'élaborant dans une cohérence et une logique évidente, et ce qu'elle avait observé la veille venait avec bonheur compléter le tableau d'aujourd'hui. Les caractères prenaient forme et épaisseur, lui donnant l'impression fallacieuse qu'elle en était l'unique créateur. Son appartement solitaire, à présent gravide de voix innombrables et de multiples échos, s'emplissait de vie...

Elle était hantée par ces images sonores recueillies pêle-mêle et qui, tels ces insignifiants éclats de verre coloré qui se déplacent en toute innocence au fond d'un kaléidoscope, se métamorphosent sous vos yeux en agencements d'images si prestigieux qu'ils vous coupent le souffle. Ces êtres qu'elle épiait, jour après jour, l'envahissaient toute, et avaient fini par s'imposer à elle, par l'imprégner de leur propre existence, tant et si bien qu'il lui semblait vivre à travers eux, une infinité d'expériences parfaitement inédites.

Lorsque, sans qu'elle s'en aperçoive, la rue se vidait, retournait à sa solitude d'asphalte et de pierre, force-lui était de s'arracher à ce cadre vide, ce plateau déserté par ses propres acteurs, elle redescendait maladroitement de son repose-pieds, l'esprit foisonnant de vie, l'estomac meurtri par l'appui robuste de la fenêtre, sur lequel elle s'était trop longtemps appuyée. Sa jambe gauche appesantie par cette patiente immobilité, semblait n'être plus qu'une longue douleur, sourde et lancinante à la fois, et qui l'obligeait à regagner son vieux fauteuil voltare où elle se remettait lentement de ce feu d'artifice journalier qui la maintenait en vie...

Mais ces périlleuses séances, arc-boutées à sa fenêtre, lui devenaient si pénibles malgré tout le plaisir qu'elle en retirait par ailleurs, que, de plus en plus souvent, elle se prenait à rêver, à imaginer un moyen de contourner l'obstacle afin de pouvoir tout à son aise observer la rue, assise dans son fauteuil, les mains libres... elle se voyait déjà tenant d'une main sa lorgnette de théâtre et, de l'autre, par temps de grand soleil, sa gracieuse ombrelle écrue brodée ton sur ton.

Elle se représentait une sorte de jetée, un môle qui surplomberait la rue ou plutôt pourquoi pas tout simplement un balcon ? Plus d'estomac meurtri, de jambes engourdies, d'équilibre intempestivement rompu, elle y siégerait comme une souveraine, observant tout du bout de sa lorgnette, sans effort, sans fatigue, en somme une véritable sinécure qu'elle évoquait in petto, de plus en plus fréquemment.

A présent, ses filandreuses rêveries convergeaient toutes sans exception, sur des visions de balcons, toutes sortes de balcons, des ventrus aux balustres de pierre, d'étroits et raides comme la justice, d'autres plus avenants qui prenaient même des allures de terrasse et qui tous, s'avançaient au-dessus de la rue comme des proues...

Tant et si bien que lorsque Philippe, son neveu et unique parent, venu lui rendre visite comme il 1e faisait avec une affectueuse exactitude trois fois par an, lui posa sa question rituelle :" Alors, ma tante, y a-t-il quelque chose qui vous ferait plaisir ? Elle répondit tout de go, sans réfléchir : "un balcon !". Philippe, qui depuis longtemps déjà, trouvait l'appartement de sa tante d'un vétuste inconfort et beaucoup trop vaste pour une personne de son âge, valétudinaire et fragile, prit, pour ainsi dire, la balle au bond, se mit en chasse le jour même et découvrit dans la rue des Trois Evêchés un petit appartement calme, commode, avec balcon, bien entendu. Le déménagement fut organisé de main de maître par Philippe, qui le lendemain, installa sa tante dans ses meubles, au milieu de ses souvenirs et quasiment sur son balcon... Avant de repartir à huit cent kilomètres, là où une administration manquant totalement de cœur sinon d'efficacité, l'avait nommé en avancement.

Elle, qui avait tant et tant rêvé à ce balcon, s'était sentie en quelque sorte catapultée si soudainement là où sa seule pensée l'avait si souvent transportée, que son esprit refusa d'emblée de croire à la réalité des faits: tout, le déménagement, son nouveau logis, la petite rue des Trois Evêchés et surtout son balcon semblaient tenir uniquement de l'imaginaire, et ce qu'elle ressentait à présent, ressemblait au dépaysement du voyageur débarqué en pleine nuit sur un autre continent, ou peut-être à ce que doivent éprouver les morts, conduits jusqu'au seuil de l'Hadès dans la barque de Charon.

Même ses meubles et jusqu'à ses émouvants souvenirs fanés déposés avec soin et affection an fond des mêmes tiroirs avaient revêtu à son insu un aspect énigmatique voire incongru auquel le balcon n'était pas totalement étranger. Ce dernier, en effet, avait pris une place telle dans sa morne vie exsangue, que l'entracte de midi, sa pause bien-aimée, avait été reléguée, occultée même.

Ce qui lui importait à présent, ce n'était plus l'agitation de la rue à midi mais le sentiment de bien-être qui l'envahissait toute, lorsque, assise bien droite, sur son fauteuil poussé tout contre la balustrade, ainsi qu'elle l'avait si souvent imaginé, elle avait fini par prendre une sorte de revanche sur les choses.

Elle, qui, il y a quelques jours encore se penchait avidement au-dessus de la rue, au risque de perdre l'équilibre et n'aurait pour rien au monde, cédé à quiconque sa place à la fenêtre du salon, pour aspirer, vampiriser à distance la vie fascinante de la rue étalée quotidiennement sous ses yeux convoiteux et captifs. Elle, qui, grâce à une alchimie subtile, une sorte de délicate osmose, s'était nourrie jour après jour, de cette inépuisable fantasmagorie de midi, trônait à présent, comme une reine de Saba, indifférente, sous son ombrelle brodée ton sur ton, plongée dans un nirvana dédaigneux et combien solitaire, et regardait, sans les voir, les rares passants de la rue des Trois Evêchés, par le gros bout de sa lorgnette... Ils étaient si petits qu'ils n'avaient, à ses yeux, guère plus d'importance que les fourmis qu'elle écrasait machinalement entre le pouce et l'index, lorsqu'elle en surprenait filant à la queue-leu-leu sur la balustrade de son balcon.

Le 20 Mars 1987

L'angélus

Même en plein été, dès les cinq heures de l'après-midi, les sages frondaisons des marronniers dans la cour de l'hospice, plongeaient la longue salle commune du rez-de-chaussée dans un demi-jour sournois d'une morne désespérance : un ressac de tristesse et de déréliction déferlait entre les lits disposés en épis de chaque côté de l'allée centrale, d'un bout à l'autre, noyait la blancheur terne et fade des draps dans un ennui gris, glutineux où le corps grêle des petites vieilles semblait s'enliser, leurs couvertures à peine soulevées, évoquant ces cartes en relief, où les collines ne sont jamais qu'esquissées...

Entre les lits et comme soutenues, étayées par eux, d'autres fragiles silhouettes se tenaient assises, leur chaise lovée au fond de l'étroite ruelle, le dossier touchant presque la table de nuit. Table de nuit à l'unique tiroir celant leur maigre bien, leurs insignifiantes reliques : photographies, trophées arrachés au temps, preuves que l'on fut belles, gages témoignant de leur survie, attestant bien qu'elles n'étaient pas tout à fait mortes puisque ces presque cendres leur appartenaient encore.

Dans un contre-chant de suçotis tremblés, étouffés, happés et finalement engloutis par leurs lèvres vides, elles finissaient leur bol de café au lait tiède, avec, dans les yeux, le regard noyé du 'ravi' de la crèche. Pauline détestait l'odeur et la saveur douceâtre voire nauséeuse du liquide épais presque froid, mais par un miracle de la mémoire chaque jour renouvelé, cet arrière-goût qui lui soulevait et le cœur et les tripes, faisait fleurir en elle des souvenirs si lointains et pourtant si puissants qu'ils l'engloutissaient toute et la recréaient, soixante-quinze ans en arrière, telle qu'à l'âge de ses neuf ans : dans la grande cuisine à l'imposant évier de grès rose entre la silhouette noire de la cuisinière en fonte et le vaisselier où les coqs peints sur les assiettes semblaient lancer des coquelicots aussi fringants que les rutilantes plumes de leur queue, c'était le temps du goûter, le café au lait fumant nimbait d'un halo ondoyant et fragile le bol en porcelaine si fine que

Pauline voyait l'ombre de ses doigts par transparence lorsqu'elle buvait, à toutes petites gorgées, narines serrées, lèvres à peine ouvertes pour refuser, nier l'écœurante saveur du lait trop sucré auquel un rien de café consentait une rebutante teinte bise délavée qui se plissait au fur et à mesure que s'y formait une peau visqueuse qui la révulsait et lui donnait envie de vomir. Mais grand-mère Sidoine, qui tenait à ce qu'elle bût tout, jusqu'à la dernière goutte, pour 'faire un sacrifice', insistait : Dieu aime ce qui vous coûte, ce qui exige de vous un long effort, un patient renoncement. Il récompense celui qui sait se dominer, se dépasser, quelle ne sera alors sa place, plus tard, dans le ciel ! Pauline qui adorait sa grand-mère mais qui ne comprenait pas vraiment son argumentation ni n'en saisissait entièrement la portée, pensait néanmoins que ce Dieu longanime et cependant exigeant, avait des goûts et des caprices pour le moins curieux et insensés : en effet, comment ce bol nauséeux, avalé à rebrousse-cœur, pouvait-il avoir quelque valeur et lui gagner une place douillette dans l'au-delà ?

Mais il fallait mériter son ciel et l'épreuve du café au lait était un moyen désagréable certes mais efficace d'entrer tout droit en Paradis...

Le gros bol de faïence épaisse pesait entre ses deux mains tremblantes mais elle n'en avait pas conscience, tant sa souvenance était vivace : c'était la transparence de la porcelaine qu'elle brandissait comme un encensoir, c'était l'enfant et non la vieille femme qui, chaque après-midi dans l'austère pénombre de la salle commune, recréait autour de ce lit quasi désincarné, l'enchantement d'un souvenir d'une enfance docile et ô combien crédule !

Mais ce n'était qu'un préambule, une manière d'introït menant à une autre extase, une autre remémoration.

A six heures, de la cloche grêle de la chapelle ricochait sur les toits de l'hospice, un chapelet de sons pressés, impatients, et qui, pour les derniers, stridulaient à peine avant de se fondre dans le froissement du feuillage... Pour Pauline, cet angélus du soir était sa 'mana' et sa manne, son eucharistie, l'apothéose de son lambeau de vie quotidien, sa transfiguration, la récompense céleste anticipée après l'épreuve douce-amère du goûter-souvenir. Les dernières résonances n'étaient plus que des souffles soupirés, chuchotés, qui flottaient dans la grisaille de la cour, que déjà une glorieuse fantasmagorie jaillissait autour d'elle, l'enveloppait mystique, mystérieuse. "L'ange du seigneur annonça à Marie ..." Les anges racés et austères de Fra Angelico, ceux plus mondains, plus adornés de Van der Weyden mêlaient leurs ailes immenses en un ballet prodigieux de froissements de plumes et de profondes génuflexions, la salle commune, indifférente, bruissait comme une ruche céleste, autour d'elle tournoyaient en une nimbe à peine dorée un tourbillon de créatures angéliques tandis eue remontaient du fond de sa mémoire le nom des archanges, des principautés, des puissances, des vertus, des dominations, des trônes, des chérubins et enfin de ceux qui touchaient Dieu du bout des ailes : les bienheureux séraphins. Une musique plus que douce, plus que fragile, un plain-chant faisant jaillir des profondeurs de son être une perspective de cloîtres, de couvents et de cathédrales à l'infini, le bol vide lui échappait des mains, roulait sous le lit, sans se briser, tandis que Pauline avait déjà un recoin de son cœur en paradis...

Montpellier, 9 avril 1987

Le haut-grenier

Le haut-grenier, ainsi nommé pour le distinguer du petit-grenier au-dessus des clapiers, et du fenil au-dessus de la grange, coiffait toute la partie habitée de la maison et ne voyait le jour que par de minces ouvertures, vagues compromis entre l'œil-de-bœuf et le soupirail, percées au ras du plancher et pour la plupart masquées par la kyrielle d'antiquailles qui d'ordinaire compose l'atmosphère spécifique d'un grenier digne de ce nom. Si bien que, par temps de pluie, dans cette pénombre qui s'épaississait encore davantage, il fallait à tout prix se munir d'une autre source de lumière pour se faufiler, s'insinuer entre les meubles boiteux, les lits-cages aux gracieuses volutes et les malles débordant de livres et de revues, dont la passionnante " Illustration " fondée en 1843 et qui devait, hélas, disparaître un siècle plus tard...

Un ciel couleur de plomb jetait sur le toit une averse rageuse qui faisait chanter les tuiles et qui métamorphosait le haut-grenier en buffet d'orgue retentissant. La chaleur d'août avait envahi l'espace, et les reliques du temps, éparpillées, semblaient plongées dans une béate torpeur, comme étourdies par le lancinant harcèlement de la pluie et les rugissements de cascade dans les chéneaux qui s'étranglaient.

Aucun jour ne filtrait dans le haut-grenier, par ce sombre après-midi d'été, aussi Damien avait-il profité de l'heure engourdie de la sieste pour emprunter en tapinois le bougeoir blanc liseré d'émail bleu que grand-mère Sidoine tenait toujours prêt, en cas.

Au pied de l'escalier dangereusement raide, sorte de boyau à section carrée, dans lequel on avait dressé, presqu'à la verticale, une étroite échelle de meunier, Damien prêta l'oreille puis, satisfait, entreprit sa délicate ascension. La flamme odorante de suif fondu ondoyait comme un fanion tandis que sur ses doigts crispés autour du bougeoir, coulait une longue brûlure de cire encore chaude, s'y attardait, mais la vaste présence du haut-grenier qui planait au-dessus de la trappe oblitérait toute sensation, voire toute souffrance : Damien montait les marches étroites comme on gravit un Golgotha, brandissant sa lumière, tel un ostensoir, jusqu'au sommet, où, enfin sortie de la périlleuse verticalité de la trappe, la petite flamme libérée lançait aux quatre coins du haut-grenier de longues silhouettes qu'il ne reconnaissait pas.

Le bougeoir posé sur le sol immobilisa la flamme et pétrifia les ombres, alors Damien sortit son couteau de poche, fidèle compagnon, et ,s'agenouillant sur le plancher râpeux, entreprit de rechercher patiemment les nœuds du bois pour tenter de les faire sauter afin de découvrir le mystérieux espace entre le plafond du premier étage et le sol du haut-grenier il ne doutait pas un seul instant qu'entre les deux se lovaient des pièces habitées qu'il n'avait encore jamais vues et où , furtivement, se déplaçaient des êtres qu'il entendait le soir avant de basculer dans le sommeil; c'étaient des frôlements discrets, des poursuites quasi imperceptibles, des pas de souris qu'il distinguait à peine, même en tendant l'oreille, ou bien encore des froissements légers qui, toujours venaient du plafond de sa chambre et qui l'intriguaient, mais le confortaient également dans l'idée que ceux qui vivaient là s'évertuaient à ne pas trop le déranger dans son sommeil. Il voulait donc les rencontrer, devenir leur ami...

Mais depuis bientôt deux lunes qu'il scrutait méticuleusement le plancher du haut-grenier en quête d'un nœud qui eût accepté soit de s'enfoncer ou de jaillir hors de son trou, jamais encore il n'avait réussi à en déloger un seul ! Alors pour se venger, il laissait couler sur chacun d'eux quelques gouttes de cire chaude, scellant le nœud, signifiant ainsi que ce dernier avait été testé et s'était révélé inébranlablement inutile. Il passait alors au suivant, couvrant au fur et à mesure qu'il se déplaçait, une surface de plus en plus grande, pointillée de petites taches de cire, témoignage de sa ténacité et de sa certitude : un jour, immanquablement, il découvrit enfin le nœud-sésame, le mot de passe pour l'ailleurs qui existait au-dessus de sa chambre...

Les doigts du garçonnet serraient de toutes leur force le canif à la lame écornée qui cette fois, s'enfonça presque sans peine autour d'un nœud qui disparut aussitôt, laissant Damien à la fois confondu et jubilant, sa longue quête enfin récompensée.

Le nœud en tombant avait fait un bruit mat, avait dû heurter une seconde surface, car Damien aussitôt penché sur le trou ne vit rigoureusement rien : il lui faudrait creuser au-delà du plancher avec une tige plus longue que son canif dont la lame trop courte ne grattait que le vide. Tremblant d'impatience, il découvrit bientôt au fond d'un tiroir une mince tringle à brise-bise, plate, rigide, qui s'enfonça dans l'ouverture laissée par le nœud disparu, comme dans un duvet souple, n'offrant aucune résistance, pour un peu elle lui aurait échappé des mains. Damien la déposa près du nœud vide et, soucieux de savourer confortablement son triomphe, s'étendit de tout son long sur le sol rugueux qui lui parut plus moelleux encore qu'un tapis de haute laine.

La pluie avait cessé sans qu'il s'en aperçoive, on entendait encore dans les chéneaux engorgés les derniers soubresauts de l'averse : de petits hoquets espacés, des gouttes furtives accumulées glissaient le long des tuiles puis tombaient dans la gouttière au bord du toit.

Un long moment Damien se tint les yeux fermés afin de décupler son plaisir, puis se pencha avec tendresse sur le nœud vide : fabuleux kaléidoscope offert par le haut-grenier. Jamais il n'avait espéré découvrir un spectacle aussi fascinant, même dans ses phantasmagories les plus échevelées, ce qu'il avait sous les yeux outrepassait de loin ses hypothèses les plus délirantes : une chambre dont il ne parvenait pas à voir les dimensions exactes mais qu'il devinait spacieuse et claire vu l'intensité de la lumière du jour qui l'emplissait. D'emblée Damien fut frappé par l'inhabituelle et singulière texture du plafond qui au lieu d'être blanc et lisse, présentait un aspect duveteux comme si on y avait collé un tapis dont les arabesques au riche dégradé de bleu ne lui étaient pas totalement étrangères. Tout autour, des lambris de chêne évoquaient un parquet ciré plutôt qu'un plafond. Des quatre murs de la pièce, il n'en apercevait que deux qui se coupaient à angle droit, un miroir jouxtant une porte sur l'un, et adossé à l'autre une psyché flanquée d'une fenêtre et d'un tableau dessiné au fusain : des soleils et des rameaux s'entremêlaient un peu figés, autour d'un mot se terminant de façon tout à fait inattendue par un élégant L majuscule.

Or cet angle de la pièce, grâce à un jeu de miroirs subtil et fortuit, composait la fantasmagorie la plus ensorcelante qu'il ait jamais vue à la manière d'un prisme qui dévie et décompose la lumière, il engendrait un espace dont les objets se dédoublaient, se multipliaient, se reflétant tour à tour dans le miroir puis dans la psyché, et cela à l'infini, créant par-delà les limites de la chambre, une profondeur de champ qui vous donnait le vertige. C'étaient des perspectives labyrinthiennes, des portes et les fenêtres qui se renvoyaient leur reflet indéfiniment, et devant chacune de ces fenêtres, une silhouette de jeune fille qui lui rappelait quelqu'un, se tenait immobile. Et comme il était sur le point de lui donner un nom, en équilibre pour ainsi dire au bord de sa mémoire, une plus que vigoureuse bourrade abolit d'un coup son onirique errance dans les dédales des miroirs profonds : " Mais qu'est-ce qui t'a pris de trouer le plafond de la chambre de ta sœur Louise ?", éparpillant ainsi aux quatre coins du haut-grenier les patients et minutieux fragments éblouis de son rêve.

Metz, le 17 avril 1987

La clef

Les fins lambeaux de peau crue d'une ocre transparence, arrachés aux carottes effilées, fleurant bon la terre, et que Justine épluchait rêveusement, retombaient en entrelacs confus sur la page de journal étalée. Elle les sentait se tordre, s'enrouler au bout de son couteau, humides, légers comme une caresse, et savourait l'instant de paix et d'harmonie tranquille qui l'enveloppait. Le décor, son décor, fait tout à la fois d'ordre sans rigueur et de sage fantaisie, l'enfermait dans une douceur chaude quasi palpable : les murs couleur ivoire de la cuisine, laqués, luisaient comme un velours de soie et concédaient à l'énorme armoire rustique qui servait de buffet, un relief et une présence presque vivante. Elle en savait par cœur les veines du bois, pour les avoir cirées, frottées si souvent ; l'intérieur, plus que vaste, lui permettait un rangement souple où chaque chose trouvait chaque jour Une autre place, sans pour autant disparaître et demeurer introuvable, les objets allaient, venaient au gré de son vouloir à elle, qui en était l'unique et souveraine manipulatrice.

Devant elle, au centre de l'ovale gracieux de la table de cuisine, une botte de jonquilles, généreuse, bouleversante, illuminait la pièce. Justine puisait dans ce bouquet une force à la fois tangible et surnaturelle, communiait du regard à ce miracle de la nature et se laissait doucement envahir par l'osmose diffuse qui se crée toujours entre une œuvre de beauté et celui qui, le cœur en paix, la contemple avec amour.

Hormis le grattement régulier du couteau sur la surface rugueuse des carottes et le ronron presque inaudible d'une soupe mijotant languissamment sur un coin de cuisinière, la pièce était silencieuse. Bientôt Justine mettrait le couvert pour le repas du soir, dans la grande pièce à vivre, où le poêle imposant aux faïences fleuries diffusait une chaleur quasiment humaine qui comblait le moindre vide de l'espace. Alors pour Justine et Cyrille, son mari, se déploierait comme une voile, un de ces moments bénis où le temps sort du temps et où l'espace se rétrécit pour atteindre une qualité telle, que le reste du monde en est comme effacé, aboli, donnant par ricochet à l'instant disponible, une intensité toute proche de l'extase : leur soirée d'hiver s'épanouirait comme une fleur filmée image par image, s'éployait délicatement, envahirait l'espace clos, les comblerait tous deux de félicité...

Le grignotis d'une clef pivotant dans la serrure : Cyrille et son bonsoir mi-las, mi-joyeux, puis, ainsi qu'un voyageur dépose sur le quai d'une gare un bagage trop pesant : « Mère vient demain passer un temps chez nous... »

La table aux jonquilles, l'armoire, la cuisinière en fonte, comme attirées, aspirées dans un vortex d'une imprévisible brutalité, tournoient tel un manège diabolique, la pièce entière se vrille autour de Justine, l'étouffe, la broie en quelque sorte

Après son arrivée, moins d'un quartier de lune avait suffi à la mère de Cyrille pour déliter la patiente connivence que Justine avait tissée, jour après jour, entre son cœur et sa maison, quelques jours à peine pour abolir la sereine complicité que, dans sa quête d'équilibre, de beauté et de silence, elle avait édifié au fil du temps, afin de l'embellir et lui donner une âme.

Or la maison prenait un autre visage, portait un masque et Justine ne la reconnait pas : la cuisine avait perdu sa bohème, son astre de jonquilles, ses guirlandes de rêves. Tout était trop net.

Alignés dans une symétrique rigueur les meubles rebutent. La froide indifférence des surfaces lisses, vacantes, l'odeur aseptisée la poursuivent jusque dans la grande pièce où plus rien n'est à sa place, les rideaux de voile ont troqué leur douceur teintée de miel contre l'éclat dur d'un blanc d'hôpital, les meubles rangés le long des murs comme des condamnés, ont perdu leur âme et rappellent plutôt le hangar bien rangé d'un ébéniste méticuleux.

Justine scrute la pièce, y cherche en vain un îlot inchangé, un point de repère, un signe de reconnaissance. Mais tout, jusqu'à son coin préféré, a disparu, noyé dans un alignement sans grâce, un conformisme banal. Une troublante impression de non-reconnaissance l'étreint : il n'était pas un seul meuble, pas un seul objet qui ait gardé sa place, on aurait dit qu'un malin génie s'était évertué à tout bouleverser afin de la confondre. Justine qui se sent rejetée par ce décor inconnu, anonyme, va chercher asile dans la chambre conjugale du seuil, rien, semblait-il, n'avait changé, l'espace retenait encore sa pénombre feutrée, ses teintes tamisées de voilages légers autour du grand lit-refuge. Mais le changement, ici, était plus subtil, moins obvie : les livres sur les étagères n'avaient plus le même titre, les maintes petites choses que l'on garde et que l'on dépose au fond d'une coupe, ou bien que l'on accroche à la guipure d'un rideau, ou encore que l'on glisse au coin, d'un miroir ou entre les rubans d'une lampe parce qu'on les trouve jolies et qu'elles jalonnent de pierres blanches la douce et tendre grisaille de la vie. Or tout avait disparu : le petit brin de bruyère blanche que Cyrille avait cueilli dans la garrigue, le minuscule coquillage irisé de nacre, attendrissant de minutieuse perfection, une carte postale de Venise, la photo du bébé de Vica, la coupelle où baignait une rose sans tige, brisée par le mistral, plus rien ne traînait, plus rien où accrocher son cœur et ses rêves …

Partout dans la maison, Justine se sentait proscrite, rejetée, interdite, hormis dans une pièce exiguë et mesquine, tapie au fond d'un couloir, toujours fermée à clef, et qui ne semblait pas faire partie de la maison : les murs sans crépi offraient au regard une mosaïque inégale de pierres apparentes qui aspiraient jalousement le jour étriqué qui se glissait par l'ouverture béatement ronde d'un œil-de-bœuf plutôt discret. Dans ce doux clair-obscur au temps transfiguré, elle venait se reprendre et comme Antée qui se couchait à même terre pour y puiser de nouvelles forces, elle venait dans ce maigre réduit ressourcer, se retrouver, l'ayant modelé à sa convenance et selon son cœur, elle venait y chercher le courage de vivre dans une maison qui n'était plus la sienne, qui ne lui parlait plus et qui, sournoisement lui échappait.

Une fois la petite clef plate tournée dans la serrure, Justine, à l'insu de tous, se fondait dans la pénombre achromatique de son refuge, patiemment se reconstituait des souvenirs, semblables à ces signets que l'on glisse entre les pages d'un livre pour y retrouver le fil de son histoire, ainsi venait-elle là, déposer des repères qui lui permettaient de se situer, et lorsqu'elle rejoignait ceux qu'elle chérissait, dans ces pièces sans âme, il lui restait encore la force de leur faire signe, comme autrefois...

Puis un jour, la petite clef plate tirée du fond de sa poche, celle qu'elle aimait toucher pour s'assurer qu'elle ne l'avait pas perdue, toute chaude encore de la chaleur de son corps, la clef, dis-je, refusa la serrure de la porte au fond du couloir, une serrure flambant neuve qui, à son tour rejeta, vomit la petite clef tiède.

Le sol feutré du couloir semblait se dévider sous les pas de Justine comme un tapis roulant sans fin, tandis qu'elle s'enfuyait, les doigts lovés sur la douce chaleur de la petite clef plate désormais douloureusement inutile.

Metz, le 18 Avril 1987

La balle

Jamais Clotilde n'avait franchi cette porte sans avoir l'impression plutôt la certitude de pénétrer dans un univers profondément antre ; il faut dire aussi que la porte elle-même participait de ce dépaysement : son épaisseur impressionnante pour une enfant de neuf ans, et ses lourdes ferrures aux volutes médiévales fixées sur les vantaux par d'énormes clous à tête ronde, la prenaient chaque fois au piège de leurs arabesques compliquées et tellement fascinantes, elle ne pouvait s'empêcher de les parcourir des yeux, sur toute leur longueur, comme on le ferait pour une route tracée sur une carte et que l'on s'apprêterait à suivre...

Elle en oubliait, pendant cette brève rêverie, de tirer l'anneau de cuivre qui faisait tressaillir jusqu'au tréfonds de la conciergerie, une petite cloche aigrelette dont le timbre semblait danser au bout de son fil de fer et hoqueter de plaisir. La lourde porte s'ouvrait enfin dans un déclic autoritaire, péremptoire, c'était, à chaque fois, un instant de vertige, lorsqu'en équilibre entre deux mondes, encore enrobée de son univers à elle, domestique, familial, elle se retrouvait propulsée, dès l'imposante porte franchie, dans le sein du pieux et vaste cocon du pensionnat religieux.

Depuis l'automne elle était externe. Il lui semblait, lorsqu'elle avait épuisé toutes ses forces à refermer péniblement le lourd vantail, qu'elle désespérait à chaque fois de ne pouvoir rouvrir, qu'elle ait l'impression de rejeter une partie d'elle-même, mais qu'en même temps, dès le seuil franchit, il lui poussait, dans le dos, des ailes d'archange, et qu'elle marchait, désormais, la tête nimbée d'une auréole, absorbée, prise dans l'anguleuse pénombre du cloître néo-gothique replié à angles droits sur son énorme buisson d'acanthacées épineuses d'un vert froid, sombre et lisse et dont elle retrouvait les feuilles redites dans l'ocre du grès des chapiteaux dans la chapelle, tels de multiples échos, figés, sublimés, prières de pierre et de foi répétées à travers les âges et posées là, à l'envol des voutes, comme de grands oiseaux immobiles pétrifiées par les bâtisseurs.

A gauche, le cloître s'ouvrait à claire-voie sur les vastes perspectives de pelouses où des platanes et des marronniers plus que centenaires émondaient l'azur étalant leurs amples frondaisons aussi haut que les grands toits raides d'ardoise grise du pensionnat. Et tout autour, le mur imposant, sans faille, qui occultait d'ailleurs et ne permettait que le ciel et à l'horizon, la silhouette modeste du Mont Saint-Firmin, distante, impersonnelle, voilée de brume...

De temps en temps au ras du mur, de longues péniches placides glissaient langoureusement sur le canal en contre-haut : seuls signes de vie extérieure, une fois la lourde porte franchie, mis à part, un beau matin, le vol silencieux, inquiétant, d'un long ballon captif d'un gris d'orage, qui, rasant les arbres, fit naître au- dessus du perron et de la cour d'honneur, une ombre menaçante, y voilant de ténèbres le moindre petit caillou blanc encore tout tiède de soleil, pétrifiant dans leur élan les courses zigzagantes et vermiculées d'une récréation, aimantant le regard et le souffle...

Mais aujourd'hui, la pluie sur les grandes verrières de la galerie du rez-de-chaussée transforme tous les arbres du parc en saules pleureurs qui ruissellent sur les vitres et semblent y coller leur longue chevelure détrempée, le reste du paysage est englouti dans la mouvance brumeuse des gouttes de pluie multipliées, vivant filet de grisaille et de mélancolie tendu entre les arbres comme une bannière ondoyante, mystérieuse ...

Dans la galerie aux vitres noyées de pluie des fillettes jouent à la balle, sous le regard timide, honteusement nostalgique d'une religieuse ; *son profil se perd au fond d'une cornette blanche dont sobriété savamment tuyautée enlève au visage fripé toute notion d'âge, l'enferma néanmoins dans une éternité ridée infiniment. Ses doigts scellés dans l'ampleur des parements de sa robe monastique rêvent le long d'un chapelet aux grains de bois noir aussi charnus qu'une grappe de muscat de Provence. Ce pourrait être un mannequin de cire, dressé là, dans la galerie, effigie tirée de quelque musée du costume : rien de vivant dans cette silhouette vue de profil, le visage dévoré par la coiffe enveloppante, les mains et les avant-bras dissimulés dans la largeur exagérée des manches, les chevilles et les pieds noyés dans l'abondance des plis de la longue tunique noire. Pourtant, elle surveille le tracé erratique et pataud de la balle, jouet étrange, ô combien ! Pelote guère plus grosse qu'une balle de tennis, mais si différente, molle, inerte, poignée de son ou de sciure peut-être, enfermée et cousue dans un morceau de cotonnade fleurie, frêle objet rembourré et sphérique, qui, lorsqu'il échappe aux petites mains maladroites, poursuit un instant sa course déclive pour aussitôt tomber au sol comme un oiseau touché par le plomb meurtrier d'un chasseur ; palombe au vol joyeux interrompu , cette balle sans rebond est un jouet bien triste , assurément, privé de ce qui fait son essence, ses gracieux ricochets et ses danses caprines "brisés an ras du sol dans un bruit mat et nauséeux de chair flaccide qui s'affaisse. Clotilde déteste toucher cette balle qui n'en est pas une, et s'écarte avec un soin hypocrite, une pharisienne application, de sa morne trajectoire, car la bourre de son ou de sciure qu'elle devine au travers de l'enveloppe d'étoffe légère, évoque au toucher une chair morte, cadavéreuse en décomposition et ce jeu n'est pour elle qu'un divertissement macabre et inutile.

Alors, tandis que la balle poursuit sans elle sa course pérégrine, Clotilde écoute la pluie, qui sur les grandes verrières pianote obstinément son discret ronron de chatte heureuse, et le jeu se poursuit...un mot lancé à la cantonade et dont on reprend la dernière syllabe pour former le mot suivant. La religieuse proposa le mot 'diable' et lança la balle à qui venait de soumettre 'bleuet'. La pelote de son allait, au gré des syllabes soudées en un immense vocable qui s'essoufflait un peu : étoupe-pelage-genou-nougat-gâteau-taudis... Clotilde qui n'aimait pas perdre, ne put laisser passer l'occasion si belle, si tentante, de boucler la boucle et claironna : 'diable' se retrouvant ainsi à la case départ et gagnant du même coup la partie, mais l'horreur que lui inspirait le toucher flasque de la pelote de sciure ou de son fut plus forte que son envie d'observer la règle du jeu, plus puissante encore que son désir de gagner, elle ne put s'empêcher d'esquiver la balle qu'on lui lançait et qui franchit l'espace de son vol pesant d'oiseau blessé, lui frôlant la joue au passage ,traversant la vitre dans un bruit de sonnailles tintinnabulantes pour éclabousser enfin de ses entrailles poudreuses les petits cailloux blancs luisant de pluie au pied de l'escalier de la cour d'honneur, tandis qu'une voix suave sortie du fond de la cornette au tuyautage soigné dit avec autant d'à-propos, que d'ironie et de 'double-entendre' : c'est le diable qui vient de briser la verrière ! Alors le diable, c'est moi ! s'écria aussitôt Clotilde, renonçant du même coup à sa victoire, à son auréole et à ses ailes d'archange, mais jubilant in petto, d'avoir enfin trouvé quelqu'un, fut-ce le diable qui partageait son horreur de la petite balle.

Montpellier, le 1er juin, 1987

L'oiseau

Un seul coup d'œil avait suffi pour donner à Clara la certitude que le foulard épinglé au beau milieu de la vitrine et fixé là comme un somptueux papillon de collection, tôt ou tard lui appartiendrait, malgré la petite étiquette ronde où s'étalait un prix incongrûment élevé, voire dissuasif, et quand bien même il lui faudrait se priver du superflu, sinon du nécessaire; en outre, la brassée d'émotions et d'impressions disparates qu'elle avait reçues pour ainsi dire en plein cœur lors de cette première rencontre, avaient été, de toute évidence et en dernier ressort, décisives.

Elle avait aperçu ce foulard un matin, dans la vitrine de la boutique de luxe, à l'angle du square près de chez elle, en allant à la banque où elle travaillait depuis peu, mais l'heure comptée ne lui avait concédé qu'un rapide regard, lui permettant néanmoins d'apprécier d'emblée, non seulement ses teintes délicates , mais encore les lignes efficaces et pures du dessin qui s'épanouissait au centre du coûteux carré de soie sauvage, serti sur quatre côtés dans une frise d'un rouge d'Andrinople soulignant la légèreté et la souplesse du grain de l'étoffe ainsi que la vigueur du tracé de l'imposant oiseau dessiné en son centre sur un fond uni d'une pâleur ivoirine.

Assise à son bureau enseveli sous les papiers, au milieu d'autres bureaux, eux aussi encombrés tout autant que le sien, dans le bruit confus , tamisé , de voix et de machines pourtant discrètes, mais que l'arrondi de la vaste coupole de la banque réverbérait en ondes murmurantes, chuchotées, qui noyaient clients et employés dans un même bourdonnement impersonnel d'insectes, aseptisés, l'image de l'étonnant oiseau s'imposait à Clara, s'intercalait obstinément entre les pages de ses registres, l'obligeant maintes fois à refaire ses comptes et à relire ses rapports. Si bien qu'à l'heure de la fermeture, au lieu de rentrer chez elle par le chemin des écoliers, c'est-à-dire en flânant le long des rues piétonnes, ou bien en faisant une halte, une pause à la terrasse d'un café, dans l'ombre légère d'un élégant parasol de toile bise, elle se sentait irrésistiblement attirée, comme aimantée par la boutique feutrée à l'angle du square, où l'envoûtant oiseau sur le carré de soie déployé comme un étendard celait sa force et sa virtuelle conquête de la pesanteur derrière la multiplicité de ses rémiges et le chatoiement de son généreux- plumage. Elle empruntait alors le chemin le plus court, traversait le square aux trois platanes, des ailes aux pieds, des ailes au cœur, impatiente de retrouver l'oiseau de soie, tout en se gardant bien de franchir le seuil de la boutique, préférant l'admirer de loin, sans aucun engagement, même le plus ténu, dégagée de toute promesse, de façon à ce qu'elle-même ainsi que l'oiseau restassent libres tous deux, avant de se rencontrer, face à face regard à regard et en toute vérité. Debout devant la boutique où sur la vitrine dansait l'ombre du feuillage, elle tombait pour ainsi dire en extase, ou tout au moins s'absorbait dans une contemplation qui jouxtait le mystique.

Était-ce le discret friselis de la lumière ocrée dansant entre les feuilles des trois platanes, dans l'après-midi finissant, qui donnait au dessin sur le foulard cette présence vivante, irréfragable, ou bien était-ce le pouvoir évocateur de l'artiste, la puissance et la maîtrise de son coup de crayon ou bien tout simplement l'élan de son cœur ? L'oiseau, qui, au centre du carré de soie , montrait , en plein essor, le dessous ses ailes déployées à l'extrême, dans un puissant et suprême effort pour dompter à la fois , la gravité et l'espace, semblait si vrai, si présent que Clara croyait voir palpiter le minuscule duvet sous le ventre tiède et douillet du condor ; elle sentait sur ses propres joues le souffle vigoureux de ses battements d'ailes réguliers recréer dans leur mouvance une immensité d'espaces infinis à l'aplomb de canyons d'un roux sang de bœuf aux paroi, comme autant de vertigineuses apothèmes aux perspectives inversées et troublantes, oui la poursuivaient jusque dans son sommeil, et ne la quittait qu'à l'aube.

Clara, se levait à présent dès potron-jaquet de façon à inclure, avant de se rendre à la banque une escale éblouie devant l'oiseau de soie, qui le matin, tandis que le soleil touchait à peine la cime des trois platanes, laissant encore la placette noyée dans une brume bleutée, avec en filigrane, une promesse de lumière blonde prête à surgir d'entre les vieilles rues et les arcades, s'était, elle l'aurait juré, métamorphosé en mouette rieuse et semblait planer très haut au-dessus d'une myriade de vaguelettes d'écume pâle, paisible stercoraire au plumage blanc et gris, en équilibre joyeux dans le silence éthéré, avec, tout en, bas, une mer neuve et frémissante que le soleil, éclairant encore d' autres mers, d'autres terres aussi, laissait dans une demi-teinte fraîche, revigorante et déserte, tandis que l'oiseau, anachorète de l'espace, comme suspendu par un fil invisible, se profilait encore plus blanc et encore plus radieux sur l'uniformité de l'azur froidi, sereinement beau ou l'aube s'était tissé une trame équanime, ô combien vivifiante !

Dans la pénombre ouatée de la boutique, l'épaisseur exagérée de la moquette, le luxe profus de l'ensemble où "La Symphonie du Nouveau Monde" tamisée, diluée en sourdine, offrait à l'oiseau de soie des espaces à sa mesure, Clara l'apprivoisa, l'appréhenda enfin dans ses mains. Ses yeux, son cœur et son âme vinrent caresser la soie plus que douce, et lisser amoureusement la pluie d'arcs-en-ciel sur son plumage irisé, écharpe d'iris faite oiseau, assurément.

Mais lorsque la vendeuse enferma le foulard dans une boîte presqu'aussi luxueuse qu'un coffret à bijoux, Clara manqua défaillir, étouffer, comme si, elle et l'oiseau venaient d'être tous deux mis en cage, ou plutôt retenus dans quelque cercueil pesant capitonné de satin luisant et de dentelle ouvragée, murés dans un confort ironiquement douillet et d'une ridicule inutilité.

Clara, s'arrachant à l'emprise de ce morbide malaise, paya, se hâta de traverser le square dans l'ondoyante lumière pommelée palpitant dans le vent du soir qui froissait les feuilles, anticipant l'instant béni où elle nouerait le carré de soie sur ses épaules, le foulard au bel oiseau qui depuis des jours la fascinait tant et qu'elle venait à l'apprivoiser enfin.

Face à la fenêtre, devant son miroir où se reflétait le feuillage toujours mouvant des trois platanes, elle drapa avec soin la soie légère sur ses épaules, puis pivota un peu afin de se voir de dos. Mais quelle que fût la pliure ou la pose, il ne restait rien de la magie évocatrice du bel oiseau ; en effet, il devenait, tantôt un monstre ailé grotesquement acéphale, tantôt rien qu'une tête empennée sans corps ni pattes, sorte de sphinx tronqué, infirme. Elle avait beau varier les angles, le plier en triangle, en rectangle, force-lui était de reconnaître que l'oiseau ne supportait pas d'être noué sur les épaules de quiconque, il lui fallait s'épanouir, s'étaler à plat, tout à son aise...

Clara le fit donc encadrer et mettre sous verre, l'accrocha au mur de sa chambre, là où la vitre qui le couvrait reflétait le feuillage ondoyant des trois platanes, par-delà la fenêtre. De la sorte, l'oiseau, intact Sans entraves, pouvait à nouveau se métamorphoser et devenir, selon les caprices de la lumière, condor ou mouette rieuse, circaète ou albatros, et faire surgir au bout de ses ailes de vertigineux canyons ou bien des mers sereines encalminées, et parfois, en exquise empathie avec Clara, il daignait même se muer en pigeon-paon afin de lui offrir les deux lions de marbre aux ailes flavescentes de la

Piazza dei Leoncini , superbement hiératiques et sibyllins dans la douce lumière dorée de la lagune.

Montpellier le 23 Juin 1987

Le pot de Camélia

L'esprit encore gravide de nébuleux fragments de rêve et le corps comme engourdi, après la longue immobilité de la nuit, Léa se sentait flotter telle une épave entre deux eaux, entraînée par un reliquat de songe, ou plutôt une somnolence cotonneuse qui l'empêchait de remonter à la claire conscience et de trouver, après les foisonnantes fantasmagories de la nuit et les dédales oniriques sommeil, le monde si solidement présent et palpable du réel.

Elle continua, quelques secondes encore, à se laisser porter, comme en état lévitation, au-dessus des choses, puis lentement, apparurent, naquirent en quelque sorte, ainsi qu'en l'objectif d'un microscope mis au point par tâtonnements successifs, les objets familiers qui l'entouraient et qu'elle regardait encore sans vraiment les voir ; enfin, ils se firent dociles et peu à peu retrouvèrent leur volume, leur couleur, leur finalité et leur nom : Léa avait repris pied, après la quasi-mort du sommeil, dans le monde des vivants. Du même coup se déployèrent, à l'instar de ces fleurs japonaises qui, plongées dans l'eau, se dilatent et s'épanouissent comme des voiles gonflées de vent, la multiplicité des petits heurs que tend la vie au détour des journées, à qui sait les chercher, les ouvrir et les celer dans les recoins de son cœur. Léa se sentait comme transportée et ravie, enfiévrée par la multiplicité des images qui se bousculaient, s'effaçaient, se superposaient, se substituaient les unes aux autres dans un tourbillonnement de couleurs et de formes. Par où allait-elle commencer ? Ce temps d'avant les fêtes, ce temps peau de Chagrin (il ne lui restait qu'une maigre semaine pour ses achats de Noël) où l'année n'a plus que quelques jours à vivre avant de basculer d'un coup dans le passé à la fois néant et vie, passé au double visage, à la fois disparu, éteint mais perdurable et qui se coule, perfide, dans le présent, allant jusqu'à hypothéquer l'avenir au point de lui survivre...

Elle s'en voulait d'avoir attendu les derniers jours, mais n'était-ce pas toujours ainsi ? Chaque fin d'année la prenait de court, l'obligeant à bouleverser ses plans, hâter ses emplettes au risque de se tromper, de froisser, de désappointer et de blesser par omission, tant était frénétique et compulsif son désir de terminer à temps sa hotte de Noël.

A quel magasin irait sa préférence ? A peine eût-elle formulé cette question, que la vision d'une coquette boutique vint aussitôt effacer toute autre image dans son esprit, s'y imposa, s'y vrilla pour ainsi dire avec force et ténacité : Léa la reconnut sur-le-champ. Située à mi-pente dans l'étroite rue de la Tête-d'Or, son enseigne, un fringant petit pommier mafflu[1] d'un vert plus que vert et qui portait, disposées en quinconce, cinq pommes d'api d'un rouge extrêmement : vif et lustré, le tout, peint à la manière du douanier Rousseau, avec cependant une naïveté par trop étudiée pour être parfaitement naturelle. Sous l'arbre on lisait ces mots aux consonances britanniques » " Lady Apple & Kevin ", peints en relief au bas de l'enseigne qui à elle seule, Léa s'en souvenait bien, avait d'emblée attiré son attention par un morne

---

[1] Terme désignant des joues et théoriquement péjoratif

après-midi de novembre » les trottoirs luisaient comme des miroirs sans tain et, derrière le rideau de pluie tissé de brumaille, l'intérieur de la petite boutique, soigné, cossu, accueillant," Homey " dit-on outre-Manche, l'avait littéralement fascinée.

Par-delà la vitrine, couvrant les murs, d'élégantes étagères laquées, d'un vert olive soutenu, arboraient des ribambelles de boîtes de thé à l'ancienne, des assortiments panachés de savonnettes couleur pastel et des confitures opalescentes dans des pots si joliment habillés de cretonne fleurie qu'on les aurait cru coiffés de charlottes volantées auxquelles il ne manquait que les dentelles.

Léa était entrée, avait choisi des thés parfumés, à l'arôme à la fois si subtil et si têtu, sertis dans de minuscules sachets de gaze blanche, qu'il suffisait d'entrouvrir leur boite pour que s'en échappât aussitôt, dans un halo de robustes fragrances, la vision hospitalière d'une théière rebondie et fumante sur une table nappée de guipure de Flandre et noyée sous de pleines assiettes de "crumpets" et de "scones".

Comme enveloppée dans un cocon d'odeurs, d'effluves délicats, Léa, en extase, contemplait les rangées de pots aux gelées de fruits pâles où flottaient des pétales translucides d'une invraisemblable transparence, petits poèmes en prose, concrétisés, incarnés en de diaphanes marmelades orangées où la lumière jouait d'innombrables arpèges aux bucoliques saveurs.

Des lampes discrètes faisaient doucement luire le plafond plutôt bas, couleur ivoire, mettaient en valeur sa surface aux dessins géométriques en relief, ton sur ton, qu'on aurait pu confondre avec une toile de soie damassée mais rigide.

Dans cette atmosphère délicatement raffinée, les vendeuses s'affairaient, ne plaignant ni le bolduc large et généreux, ni le papier d'emballage où le petit pommier se répétait à l'infini. Elles transformaient vos emplètes, même les plus modestes, sous d'énormes bouillonnés de rubans, en nuées de papillons aux ailes ocellées ou en envols d'oiseaux de paradis à queue de paon...

Dehors, la pluie bien que fine et à peine froid , lui parut violente et glacée par contraste, la rue noire et hostile après la chaleur qu'elle laissait derrière elle : elle frissonna et ce frisson la jeta hors de sa rêverie, elle reprit pied dans le réel et cette fois se réveilla pour de bon, se promit d'aller rue de la Tête d'Or compléter sa liste d'étrennes mais avant de s'offrir le plaisir de se noyer dans la chaleur de "Lady Apple & Kevin" il lui fallait impérieusement penser au cadeau problématique de tante Estelle.

En effet, offrir quoi que ce soit à cette dernière tenait véritablement du casse-tête chinois. Tous les domaines possibles en matière de cadeaux, s'avéraient immanquablement des impasses, toute suggestion se trouvait neutralisée par un réseau serré de raisons que Léa trouvait, à juste titre, futiles puisque le cadeau est, de par son essence même, quelque chose de spontané et de libre, mais qui, par contre, selon la logique inflexible et établie une fois pour toutes par tante Estelle, devait correspondre à un besoin, à un désir réel de sa part. Il en résultait qu'elle n'avait jamais besoin de rien, qu'elle avait tout ce dont elle avait envie, sous-entendu que rien de ce que l'on lui offrirait ne la comblerait, ne lui plairait vraiment.

Il est évident que, dans ces conditions, offrir des étrennes à tante Estelle tenait, au fil des années, beaucoup plus d'une gageure, d'un défi irréalisable, voire dangereux que d'un plaisir. En outre, le caractère de tante Estelle, qui, chacun dans la famille le reconnaissait sans la moindre réticence, n'avait jamais été des plus heureux ni des plus faciles, s'était, avec l'âge, dégradé, gauchi à un point tel que l'énoncé le plus anodin de votre part la dressait illico sur ses ergots, provoquant d'emblée la plus violente et la plus interminable des polémiques. Il en était ainsi pour tout et dans tous les domaines, ce qui réduisait son entourage au silence, au mutisme forcé, agacé et rageur.

Il existait bien quelques êtres, choses, lieux ou événements qui trouvaient grâce auprès d'elle, mais du seul fait de leur petit nombre, ils acquéraient à ses yeux, bien malgré eux d'ailleurs, un hiératisme sacro-saint, une rigidité de caractère, une totale impossibilité de changer, d'évoluer, qui, à la longue, devenait angoissante pour les intéressés, les limitait à un moule qu'elle avait élaboré dans sa tête et dont elle ne se défaisait jamais et qui plus est, s'épaississait, se solidifiait pour ainsi dire avec le temps.

Léa, consciente de ce processus inéluctable qui faisait loi dans l'esprit de tante Estelle savait la complexité de sa tâche : trouver envers et contre tous, ou plutôt contre tante Estelle en personne, un cadeau qui finirait malgré tout par lui plaire.

Après avoir passé en revue tous les gadgets de l'électro-ménager, elle l'entendait en pensée lui affirmer d'un ton cassant et péremptoire, qu'ils n'étaient ni un gain de temps ni quelque atout de plus dans la cuisine. Alors, un bibelot peut-être, pour égayer un coin du salon ? Des bibelots ? Ce n'était que des nids à poussière encombrants et inutiles. Et des friandises ? Hélas, tante Estelle les qualifiait d'étouffe-chrétien : sources confirmées d'empâtement et de cholestérol ! Restait le large éventail des bijoux de fantaisie, mais tante Estelle n'en portait jamais, les ayant de façon rédhibitoire qualifiés de clincaille[2] ! Des articles de mode, des ceintures en gros-grain, des écharpes de soie, des cache-cœurs en laine moelleuse, des bas, des gants, que sais-je encore ? Eh bien non ! rien de tout cela ne convenait, Léa avait tout essayé et par extraordinaire, les gants étaient toujours trop longs, les bas trop courts, les liseuses trop chaudes, les écharpes trop légères — bref, tout était trop ceci ou pas assez cela, à un point tel que même une sainte de premier ordre aurait au bout du compte définitivement perdu patience.

Emmitonnée dans sa propre chaleur, Léa ne pouvait se résoudre à se lever et savourait ces instants striés de nuit où la pensée garde en filigrane un peu de l'irrationnel et de l'imaginaire des rêves tout en se glissant peu à peu dans la logique du réel. Elle jouait avec l'idée du cadeau pour tante Estelle, comme le chat avec la souris, la reprenant pour l'abandonner aussitôt, quitte à y revenir un instant plus tard, tournant et retournant en pensée chaque objet susceptible d'être accepté avec plus ou moins de

---

[2] Quincaillerie

bonne grâce par sa tante. Noyée dans la pénombre qui se faisait de plus en plus diaphane avec le jour naissant, Léa laissait distraitement couler son regard sur les rangées de livres qui occultaient l'un des murs de sa chambre, couvait des yeux ces volumes reliés cuir ou toile, ou tout simplement brochés, ses compagnons de solitude, ses amis, ses alter ego depuis si longtemps et voilà que parmi eux tous, un titre fait mouche sans qu'elle en comprenne clairement la raison, son œil s'y attarde, sa pensée s'y repose, c'est " La Dame aux Camélias ". Non qu'elle eût la moindre envie d'offrir à sa tante l'histoire des heurs et malheurs de Marguerite Gautier, car tante Estelle ne lisait pas ou si peu, qu'une telle pensée ne l'avait même pas effleurée. Pourtant, il lui semblait que son subconscient lui intimait l'ordre d'arrêter là ses recherches, comme si elle avait enfin trouvé l'objet idoine.

Et tandis qu'elle se laissait à rêver, il lui semblait voir flotter parmi ses livres, la silhouette frêle et romantique de l'héroïne d'Alexandre Dumas fils, affleurer sa conscience et la broyer de pitié envers cette femme qu'un sacrifice d'une si cruelle exigence avait désespérée jusqu'à en mourir, et on eut dit que le camélia blanc épinglé au corsage de Marguerite s'épanouissait dans une lumière d'une douceur ineffable, se faisait étoile puis soleil, et Léa, dans la lueur opalescente qui en émane, se rendort, éblouie : la fleur de camélia perdure, flotte dans son rêve comme un grand nymphéa ou une fleur de lotus grande éclose lovée sur le fond vert céladon d'une eau paisible, se double, se triple, se multiplie, se fait arbuste, buisson ardent, révélation.

A son réveil, Léa sait enfin ce qu'elle offrira à tante Estelle, un pot de camélia à fleurs blanches, comme celles que portait Marguerite Gautier sur son cœur empalé. Jamais encore elle n'avait offert de fleurs à sa tante, et de ce fait s'en voulait un brin, car qui sait, tante Estelle avait peut-être sans le savoir, la main verte, et puis, l'on disait tant de bien sur les plantes d'intérieur qui, outre leur gracieuse présence, distillaient silencieusement autour d'elles, joie et apaisement.

Dès lors, armée de la certitude d'avoir trouvé le cadeau qui convenait, Léa, n'ayant de cesse qu'il ne fût acheté, décida de commencer sa journée par une visite du côté du marché aux fleurs, endroit joyeusement funèbre où d'emblée, une odeur têtue de plantes et de fleurs mêlées vous prenait aux narines, vous suffoquait comme l'air pesant qui persiste autour d'un cercueil dans le clair-obscur d'une chambre funéraire, mais où la palette bigarrée des vasques de bouquets disposés devant les étals, ne manquaient d'évoquer aussi le printemps, ses prairies, ses jardins aux cascades efflorescentes et ce fut cette impression qui finalement l'emporta sur la touffeur un peu nauséeuse, de plus, Léa que ce foisonnement, cette surabondance florale fascinait, retrouva toute son allégresse, et encore imperceptiblement caressée par les effluves de son rêve, s'enquiert s'il reste des pots de camélia et se les fait montrer : ce sont les trois derniers, presque des arbustes, mais légèrement plus petits que dans son rêve, ils éclatent littéralement de beauté mêlant feuilles, fleurs et boutons à peine éclos dans un charmant contraste, chacun servant tour à tour aux deux autres de faire valoir : les fleurs épanouies sont d'une blancheur laiteuse, avec au centre de leurs pétales duveteux, une sorte de double couronne d'étamines, un pschent[3] miniature coiffé de minuscules têtes d'épingle d'une jaune presque doré : Léa retrouve les images psychédéliques ressurgies de sa somnolence matinale et choisit le pot de camélia qui leur ressemble le plus : ses feuilles luisantes comme récemment cirées, sont fermes, vigoureuses et d'un vert presque noir, alors que les nervures délicatement tracées apparaissent plutôt vert amande ; Léa parcourt du bout de l'index le bord finement cranté des feuilles, en suit les encoches minuscules, régulières et savoure des yeux les fleurs décaèdres déployées comme de petits astres lactescents entre les rameaux foncés qui les font paraître plus blanches encore.

De retour dans la quiétude de sa chambre, au milieu de ses livres, elle se prend à admirer le cadeau pour tante Estelle : les pétales sont si soyeux, si

---
[3] Coiffure des pharaons

bouleversants, à la fois dans leur texture fragile et leur présence si tangible, qu'elle sent un élan de tendresse l'envahir toute , qu'elle voudrait pouvoir les tenir sur son cœur au risque de les briser irrémédiablement ; ces fleurs, par-delà leur enveloppe si touchante, ne symbolisaient-elles pas la vie à jamais anéantie de Marguerite Gautier ? A chaque camélia correspondait une soirée qui, inéluctablement, rapprochait l'héroïne de sa fin douloureusement solitaire ? Léa, craignant de laisser un bout de son cœur accroché aux tiges graciles du pot de camélia, se promet de l'offrir au plus vite.

Tante Estelle, debout, très droite, sur le seuil de sa maison, l'accueille, comme d'habitude, d'un bref et un tant soit peu ironique " Et alors ?" feint, par calcul et par politesse conjugués de ne pas voir le pot de camélia derrière lequel le visage souriant de Léa disparaît presque. " Voici votre cadeau de Noël, ma tante ! Où dois-je le poser ? " " Surtout pas dans le salon où il risque de rayer la table ! - et puis ces fleurs n'ont-elles pas un parfum qui entête ? Les plantes vertes, m'a-t-on dit, pompent tout l'oxygène de l'air, mets-la dans la cuisine, sur la petite table, près de la fenêtre.

Léa sent son cœur se recroqueviller dans sa poitrine : la petite table est si basse que le pot de camélia n'aura Jamais de lumière, et qui plus est, la cuisine étant au nord, il n'aura donc Jamais de soleil non plus. Elle dépose à rebrousse-cœur mais avec d'infinies précautions le pot encore tout nimbé de lumière joyeuse et de rubans de satin rose sous son enveloppe de papier cristal sur le guéridon fragile et un tantinet de guingois qui jouxte la fenêtre, et soudain, avant même qu'elle ait pu esquisser le moindre geste salvateur, la petite table s'affaisse, déséquilibrée par le poids du pot de camélia, dans un bruit mat de bois, de terre répandue et de tiges brisées.

Léa qui aussitôt se penche sur les débris éparpillés pour tenter de réparer les dégâts parmi les fleurs et les feuilles, n'a pas vu le méchant petit éclair de plaisir triomphant zébrer le regard dur de tante Estelle.

Montpellier, le 14 Février 1988

Tour d'ivoire

Comment n'avait-elle pas pressenti les premiers symptômes de la désaffection ? Encore que le terme ne convienne pas exactement, car c'était plutôt une sorte de joute unilatérale au cours de laquelle Aurélien, toujours en présence de présence de tiers, cherchait à la provoquer jusqu'à l'exaspération, et cela inexplicablement, mû par quelque motif mystérieux aux yeux d'Eléonore, mais qu'Aurélien, lui, semblait connaître parfaitement, car le schéma était toujours le même, la présence de tiers : la condition sine qua non ; le motif du désaccord, des plus futiles poussant Eléonore jusqu'à la vérité nue, honnête sans le moindre détour, vérité parfois cruelle, toujours griffeuse, égratignant l'amour-propre, ce talon d'Achille commun à tout homme qui refuse de se voir tel qu'il est, tout en sachant au tréfonds de lui-même la véritable nature de ses pulsions, de ses faiblesses et les limites précises de son pouvoir.

Ces joutes se multipliaient, mais jamais à deux ni dans l'intimité, comme s'il avait voulu prendre les autres à témoin et Eléonore en flagrant délit de lèse-mari. De toute évidence, un auditoire facilitait grandement les choses, car il lui était toujours loisible de ne pas répondre aux vérités d'Eléonore ainsi provoquée, les parents ou les amis présents noyant le poisson dans les eaux gluantes des généralités, lui permettaient à chaque fois de ne rien dévoiler de ses propres pensées et de jouer un tantinet les martyrs.

S'analysant sans la moindre complaisance, elle se savait intransigeante sur le plan de ses relations avec autrui, mais parce qu'elle l'était aussi envers elle-même - il lui fallait une relation vraie, des rapports où les deux protagonistes ne trichent pas, n'essaient pas de se montrer autres mais reconnaissent leurs faiblesses, avouent leurs inhibitions, leurs peurs, leurs névroses réciproques dans un échange fécond, positif. En revanche, si l'un des deux se contente de recevoir, de subir ces vérités utiles sans broncher, sans renvoyer la balle, sans qu'intervienne le moindre échange, se bornant à accumuler au fil du temps, à longueur de jour, de semaine, d'années, les rancœurs, les non-dits, les critiques reçues en pleine face sans jamais vouloir, sans jamais pouvoir formuler, justifier la moindre critique, que ce soit par peur, par fatigue, par ennui, ou plus bassement par intérêt, dans un but précis, inconnu de l'autre, afin de pousser ce dernier à prononcer des paroles rédhibitoires faisant office de boomerang, ce à quoi elles étaient peut-être inconsciemment destinées. Force est de reconnaître que ce comportement, tôt ou tard, ne peut manquer d'aboutir qu'à une impasse, une fêlure douloureuse pour chacun.

Ces vérités à sens unique se multipliaient à un rythme accéléré, on aurait dit qu'Aurélien voulait brûler les étapes, obliger Eléonore à mettre à nu les moindres dédales de ses sentiments à son égard, et cela, sans jamais dévoiler les siens, en retour. Ce déséquilibre lui pesait, elle commençait à ressentir un certain malaise, une inquiétude sourde et indéfinie et lorsque quelques mois plus tard elle découvrit fortuitement la photo d'une femme. Si elle fut profondément et irréparablement blessée, sa surprise ne fut néanmoins pas totale. Des signes jusqu'alors parfaitement isolés, sans lien les uns avec les autres ni sans grande signification, prirent alors tout leur sens, se regroupèrent pour ainsi dire instantanément, et le puzzle jusqu'à présent indéchiffrable, se fit douloureusement révélateur.

La douce et douillette certitude d'être l'aimée, l'unique, s'effrita comme un pare-brise sous la violence d'un choc, et comme après un accident, lorsque les myriades de miettes de verre se sont éparpillées, il ne reste que le vide : on peut y passer la main, on ne rencontre que le néant. Mais de ces années, de tout ce temps où chaque geste, chaque pensée, chaque désir allait à la rencontre de l'autre, qu'en restait-il ? Ce pouvait-il vraiment que toute cette somme de complicité fût tout à coup anéantie, réduite en cendres amères ? Mais les cendres sont encore quelque chose, alors que pour Eléonore il ne restait que son élan à elle, uniquement sa main tendue vers l'autre, qui lui, se dérobait en douce, comme un voleur.

Ce fut dans cet état d'un quasi-anéantissement psychique, physique aussi d'ailleurs, cette hébétude d'un cœur pilonné par le rejet incompréhensible, Inexpliqué et ambigu de l'autre qu'elle trouva plusieurs lettres de cette femme: messages tissés dans un enchevêtrement subtil d'humble flagornerie, de suffisante outrecuidance, le tout embobeliné dans un lyrisme pâteux que n'auraient renié ni Delly ni Max du Veuzit, ces romanciers dont le sentimentalisme exacerbé fut si populaire au début du siècle.

« Je suis la reine de ton échiquier » affirmait-elle dans une de ses lettres. Image ambiguë en vérité, qui sous-entend à demi-mot que le partenaire n'est autre que ce roi fantoche, inconsistant, que ses déplacements limités réduisent quasiment à l'impuissance. La reine, par contre, disposant d'une amplitude de mouvement illimitée, se joue des obstacles et mante religieuse omnipotente, dévore fous et cavaliers, saccageant l'exquise ordonnance des choses.

Elle se dit la reine de ton échiquier et te ravale au rang falot de prince consort ou plutôt « qu'on sort »[4], pensait Eléonore, mais moi, n'étais-je pas ta tour d'ivoire, ton rempart d'ébène. N'étais-tu pas mon cavalier fringant, caracolant aux quatre coins de l'échiquier ? T'en souvient-il, tu venais aux heures de fatigue te ressourcer, renaître dans l'ombre douce et revivifiant de mes remparts. J'étais ta tour, ton campanile, ton port d'attache, ton point d'ancrage, où reprenant des forces tu te sentais revivre... J'étais ton refuge, ton étoile du berger, ta grand-voile larguée comme une main tendue par-delà le mur de ton égarement et de ta trahison.

Trahison qui l'avait laissée pantelante, comme délestée de sa propre substance et vidée de ce qui faisait le plus clair de son être. Elle n'était plus, semblait-il, qu'une écorce creuse, comme ces noisettes dont la coque dure et lisse restée intacte jusqu'à l'arrivée du printemps, a été méticuleusement vidée de son amande durant l'hiver s elle a gardé sa chaude teinte rousse mais au-dedans, il n'y a plus

---

[4] Je n'ai pas pu résister à ce méchant jeu de mots ô combien élimé ! note de l'auteur

rien, tout a été minutieusement grignoté par les rongeurs au temps des frimas. Pour Eléonore cette évidure n'avait pas la môme simplicité et ne s'énonçait pas de la même manière, car si elle était bien devenue cette écorce vide, ce vide précisément à l'intérieur d'elle-même était vivant, il bougeait, s'agriffait à ses tripes et les taraudait comme un foret, jusqu'au martyre. Ce deuil intérieur, qu'au début elle estimait ne devoir être que mental, était bel et bien devenu également physique. Et ce corps qu'elle croyait encore épargné, se mettait lui aussi à souffrir et à ressentir cet exil du cœur comme une incontestable torture.

Son ventre, égrappé pour ainsi dire de ses viscères, était habité de spasmes douloureux, angoissants à l'extrême, et qui ne lui laissaient aucun répit, comme si son corps tout autant que son âme, comprenaient et se fut révolté contre cet abandon. Ses journées déstructurées, n'avaient plus désormais ni couleur ni saveur, et ses nuits, qu'un sommeil artificiel étirait au-delà de toute mesure, étaient devenues son seul refuge, cocons d'oubli, nirvâna temporaire, extinction provisoire de son karma, jusqu'aux réveils désagrégeant et destructeurs qui la rejetaient, recroquevillée autour de ce puits de douleur, dans cette souffrance quotidienne qui ne la quittait plus.

Parfois engourdie, hébétée par ce mal complexe qu'elle avait beaucoup de peine à circonscrire et à analyser, elle se prenait à penser, non plus à la trahison d'Aurélien, mais plutôt à ce qui chez elle avait pu la provoquer.

Hélas, ces réflexions laborieuses n'aboutissaient jamais à quoi que ce soit de satisfaisant, car de quelque côté qu'elle envisageât le problème, il n'en restait pas moins évident que rien de vraiment tangible n'avait préludé à cet abandon, Aurélien ne lui reprochant jamais quoi que ce fût de précis ni même d'imprécis d'ailleurs. Le motif devait donc être beaucoup plus subtil, plus obscur, plus profond aussi, et il lui faudrait bien des mois avant de le découvrir si elle voulait un jour recouvrer la paix. En fait, ce n'était pas seulement sa paix mais tout un équilibre, une alchimie intérieure que ce rejet brutal et sans merci avait d'un coup anéanti.

Et brusquement, sans le moindre préavis, d'une existence choyée où elle se croyait aimée pour ce qu'elle était, pour ses qualités bien sûr, mais également pour ses défauts (car qui peut prétendre ne pas en avoir ?), passer, dis-je, cette douce chaleur de vie à cet ajournement brutal, ce non-satisfecit délivré de but en blanc sans un seul reproche avant-coureur et sans le moindre ménagement, tenait, semblait-il, à la fois de la cruauté mentale, d'un sadisme des plus indurés ou tout au moins, révélait une inconscience absolue voire une méconnaissance abyssale de l'être humain. En effet, comment, après tant d'années, pouvait-on déchirer la trame de leurs deux existences tissées l'une dans l'autre, si étroitement, intimement nattées comme les lourds bandeaux d'une chevelure qui ne font plus qu'une seule et même torsade ? Comment pouvait-on nier cette évidence et dénouer la longue tresse de leurs deux vies jointes, briser ces mèches entrelacées qui, au fil des ans, s'étaient soudées l'une à l'autre, comment pouvait-on les séparer sans les meurtrir, les amputer tous les deux, elle tout comme lui ?

Depuis l'abandon d'Aurélien, Eléonore semblait avoir perdu l'envie des choses simples et quotidiennes qui auparavant la ravissaient et exaltaient soit amour de la vie et son plaisir d'exister. Désormais, le matin, on eut dit que l'exquise lumière zébrée qui dès l'aube filtrait entre les lattes régulières des persiennes et donnait à sa chambre ce velouté d'or roux, qu'autrefois elle adorait, avait perdu son charme et sa douceur et jetait à présent sur les objets qui l'entouraient un jour cru d'une tonalité si froide, si hostile qu'il ne lui restait plus qu'à refermer les yeux, qu'à s'exclure en pensée de ce lieu devenu insupportable et qu'elle ne reconnaissait plus.

Ces matins, jadis tout imprégnés d'une aura cotonneuse qui l'enveloppait dans une sorte de brou chaleureux et discret où elle faisait pour ainsi dire, la planche, immobile, cernée d'une vague somnolence semi-consciente qui l'empêchait cependant de retomber dans le sommeil, afin de savourer jusqu'à plus soif cette impression de béatitude devant ce jour tout neuf et de le célébrer par une salutation matinale à sa manière, faite d'immobilité consciente où chaque atome de son être chantait un Magnificat tantôt au soleil, ou au plain-chant de la pluie, tantôt au frôlement quasi imperceptible d'un flocon de neige égaré sur la vitre, ou au parfum ténu de la mer venu du sud où la mélopée du vent les jours de tempête devenait symphonie...

En effet, chaque journée, quelle que fût sa couleur, avait droit à son Te Deum. Eléonore savait en extraire la moindre saveur} le plus léger frémissement et la plus éphémère des lueurs du jour trouvaient grâce à ses yeux, ceux-ci, disait-elle, magnifiaient l'espace, le transfiguraient et la bouleversaient de bonheur. A présent, ces matins, grils d'angoisse, la meurtrissaient sans répit, sans vindicte pourtant, comme si ces tourments n'avaient absolument aucun sens et ne relevaient que d'une logique gratuite aussi absurde qu'inutile.

Elle se sentait comme disloquée, désarticulée par cette douleur insensée qui lui arrachait la saveur de la vie, ne lui laissant au ventre qu'une profonde torture physique qui néanmoins ne tardait pas à se fondre en un : tourment moral harcelant son corps et son âme à la fois. De la sorte elle perdit tout désir de se nourrir, et cela, insidieusement, sans qu'elle en prît véritablement conscience, comme si peu à peu elle désapprenait, ou plutôt comme si son corps oubliait le besoin et l'envie de manger. Elle restait des jours sans toucher à la moindre nourriture solide, elle n'avait pas faim, son corps n'avait pas faim, car il se nourrissait de sa propre douleur qui lui servait de manne en quelque sorte, et cette inappétence diffuse se mua bientôt en une anorexie profonde qui la laissa, au fur et à mesure que le temps passait, sans force aucune, comme si la douleur qui l'habitait lui ôtait toute son énergie, la vidait de toute réaction, et ces petits riens qu'auparavant elle se plaisait tant à faire, choisir un bouquet de jonquilles ou de pois de senteur au marché pour transfigurer son vivoir, sa pièce à vivre, comme elle l'appelait, parcourir les étals couverts de fruits pour en capter les subtiles odeurs, les teintes contrastées, entrer dans les boutiques douillettement chic pour y choisir un thé ou quelque douceur parfumée, chiner à la brocante à la recherche d'un bibelot cousu de souvenirs à décrypter ou, tout simplement se laisser vivre, sentir la vie dans chacune des cellules de son corps et la célébrer dans une prière sans paroles. Mais tout cela était mort à présent, ou plutôt, elle se sentait désormais incapable de ressentir la moindre émotion : devant ce qui faisait autrefois le zeste de sa vie, elle était à présent, morte à ces menus bonheurs, y était devenue insensible comme la vitre qui laisse passer la lumière mais ne s'en émeut pas le moins du monde. Eléonore les voyait sans les voir, pour elle ils n'existaient pas, ils n'existaient plus, l'abandon d'Aurélien avait détruit l'ordonnance de sa vie, la trame harmonieuse et stimulante de ses journées gravides qui, à présent, gisaient comme des châteaux de sable noyés par le ressac s il ne restait rien de la poétique minutie, rien de l'amour du bâtisseur ! Son chagrin avait tout sapé, tout anéanti, et à marée basse, le sable aurait oublié la plénitude de ces audacieux poèmes de l'éphémère. Pourtant, sur le sable neuf, elle aurait pu reconstruire ses espérances, mais le cœur n'y était plus, la trahison d'Aurélien avait affadi son goût de vivre, émoussé jusqu'à l'os sa soif d'exister et étouffé sous la cendre grise de son chagrin le feu de son énergie originelle.

Aurélien, dès qu'Eléonore avait découvert les photos et les lettres, preuves de sa trahison, avait déserté le domicile conjugal mais y revenait encore sous bon nombre de prétextes parfois légitimes, le plus souvent fallacieux. Eléonore voyait s'effriter, se désagréger le fragile équilibre intérieur qu'elle tentait péniblement de retrouver après chacune des visites d'Aurélien et éprouvait lors de ses départs la mime déchirure qu'au premier abandon. Sa souffrance était aussi vive et elle en venait à redouter et à tenter d'éviter ces visites qui ne lui étaient que néfastes. Peut-être l'étaient-elles également pour Aurélien qui, chaque fois qu'il venait, avait l'air absent et le regard dur. Il semblait à Eléonore qu'elle lui était devenue transparente voire inexistante et qu'Aurélien, lorsqu'il la regardait, ne la voyait plus : il semblait ne pas la reconnaître et ne lui adressait pour ainsi dire plus la parole. Alors dans ces conditions, pourquoi venait-il encore ? Les prétextes qu'il donnait n'avaient aucun sens et Eléonore les réfutait aisément, si aisément que l'obstination d'Aurélien en devenait ridicule et suspecte. Pourquoi s'obstinait-il à venir ?

Au début, en toute innocence, Eléonore avait songé que c'était un reliquat d'amitié et de remords mêlés qui le conduisait encore vers elle afin de vérifier si elle pouvait s'en sortit seule ou si elle avait besoin d'aide, son anorexie ayant alors pris des proportions inquiétantes. Elle dut bien vite perdre ses dernières illusions après avoir été brutalement mise en garde elle ne devait pas compter sur lui ni pour venir la voir ni pour s'occuper d'elle. Alors pourquoi venait-il encore ? Il eut fallu être aveugle ou de pierre pour ignorer la torture qu'endurait Eléonore à. chaque visite d'Aurélien, et ce dernier, à moins d'être totalement insensible, ne pouvait pas ne pas s'en rendre compte, alors force fut à Eléonore de reconnaître qu'il venait uniquement pour raviver la plaie encore ouverte, en somme il se repaissait de sa douleur à elle, sans cesse attisée par ses visites.

Il se gorgeait de son désarroi, y trouvait son compte, sa justification et sa raison d'être. Ainsi, sa souffrance à elle donnait du poids à l'amour tout neuf d'Aurélien pour -la reine de l'échiquier- dont parlaient les lettres, et il venait le lui jeter en plein cœur pour mieux la détruire et se rassasier de l'emprise qu'il avait encore sur elle. De la sorte, tel le phénix qui renaît de ses cendres, Aurélien avait besoin d'elle et des vestiges disloqués de leur amour défait pour renaître ailleurs et venait puiser en quelque sorte dans ce gâchis qui était son œuvre, une sève malsaine qui l'aidait à vivre une existence différente. On eut dit qu'il ne pouvait définitivement couper ce lien d'autrefois qui lui servait en quelque sorte de caution, de garant d'un autre bonheur. Il avait encore visiblement besoin d'elle mais uniquement pour s'assurer de son pouvoir sur elle et introniser sa récente conquête.

Pourtant à le voir, le teint bistre, le visage morne et le regard terre, le corps fatigué, vidé de sa vigueur coutumière, elle ne pouvait s'empêcher de constater que ce soi-disant amour tout neuf ne l'épanouissait guère et ne révélait pas le meilleur de lui-même, au contraire, jamais auparavant il n'avait laissé voir cet air inexpressif, las et vacant. En outre il paraissait changé, altéré à plus d'un titre, indifférent aux autres et à tout ce qui n'était pas sa nouvelle passion. Eléonore avait tenté de lui parler de sa propre souffrance mais en vain. Elle avait découvert, au cours de ces visites qui la bouleversaient tant, que la passion d'Aurélien au lieu de l'enrichir en profondeur l'avait tout au contraire allégé, délesté de tout ce qui faisait sa richesse intérieure.

Mais ce qui décontenançait le plus Eléonore c'était sans conteste le nouveau 'look' d'Aurélien : costume à la griffe célèbre, mais aux teintes tapageuses, chemise de prix mais aux dessins à la Peynet, chaussures inabordables mais un peu trop voyantes, comme s'il avait compté se donner ainsi de l'importance aux yeux d'autrui, l'habit faisant le moine. Eléonore ne le reconnaissait pas, il lui faisait l'effet d'être un autre et si ses propres souvenirs n'étaient venus se glisser, douloureusement nostalgiques, entre elle et l'actuel aspect d'Aurélien, elle aurait eu quelque peine à l'identifier. Même sa voix avait mué, le timbre harmonieux, bien posé qui l'avait séduite dès leur première rencontre, avait disparu, supplanté par un ton qui se voulait convaincant et qui l'était en fait mais qui avait perdu son aménité et son charme pour n'en garder que le côté inflexible et sans réplique. Il savait toujours convaincre mais non plus avec grâce et subtilité mais imbu d'une volonté farouche, arbitraire de dominer l'autre et de lui imposer bon gré mal gré ses propres idées. Il n'était plus, manifestement, question de communication! ni d'échange ni de dialogue, car il s'entourait, tantôt d'un rempart de silence, tantôt se livrait à un monologue impérieux et péremptoire qui n'admettait aucune réplique, aucun amendement, il ne restait à l'autre qu'à se taire ; à quoi bon tenter d'expliquer ce qu'Aurélien se refusait à voir ou était incapable d'appréhender, elle savait à présent que c'était inutile, et se contentait d'essuyer les coups sans broncher certes, mais nom sans souffrir, comme écorchée vive par les dénis et les reniements réitérés à chaque visite, façon ô combien cruelle de fouiller la plaie encore ouverte et de la faire saigner une fois de plus, de manière arbitraire et inique. Eléonore, Aurélien reparti, se sentait comme rejetée de ces lieux où les jugements tranchants et pontifiants de ce dernier l'avaient désavouée, et, les fuyant, se recomposait un semblant d'équilibre dans la pénombre silencieuse d'une petite église romane dont la simplicité sévère et la beauté dépouillée finissaient toujours par l'apaiser.

Mais auparavant il lui fallait, recroquevillée au plus sombre de l'église, à l'abri des regards, au pied d'un autel latéral, se laisser à déverser sans retenue aucune un long sanglot venu du tréfonds de son ventre, sorte de cri primal longtemps gardé et qui, soudain libéré, déferlait sur elle comme une houle, la faisant suffoquer, c'était un cri de bête blessée qu'elle ne reconnaissait pas - c'était quelqu'un d'autre qui hoquetait asphyxié par cette avalanche de sanglots qui l'engloutissaient et la noyaient au creux d'une vague douloureuse, inévitable mais salvatrice. Et peu à peu, sans qu'elle s'en rendît vraiment compte, elle se mettait à reprendre souffle tandis qu'un apaisement quasi euphorique s'installait en elle, lui procurant momentanément un certain répit. Était-ce le clair-obscur ouaté des voûtes arrondies, ou bien la minutieuse ordonnance kaléidoscopique de l'humble rosace au-dessus de l'autel, ou bien encore l'étrange odeur de pierres humide mêlée d'encens qui se joignait au relent de cire chaude montant des plateaux hérissés de pointes où la candide ferveur des fidèles venait planter puis allumer dévotement de longs cierges effilés et blafards ? Qu'importe - elle rentrait chez elle toute larme séchée, le cœur encore meurtri indubitablement, mais l'esprit rasséréné et surtout en paix avec elle-même. Et tandis que jour après jour elle luttait vaillamment pour neutraliser les coups bas et garder la tête hors de l'eau, elle percevait au-dedans d'elle-même une lente mais tangible mutation : ses meurtrissures l'avaient rapprochée de la souffrance des autres et elle subodorait que son malheur ne serait, ou mieux encore n'était pas vain, en effet, elle se fortifiait dans la douleur et du même coup sa vision de la vie se peaufinait et lui révélait de nouvelles perspectives exaltantes et inespérées, ce qu'elle avait perdu en paisible et confiante insouciance, elle le regagnait au centuple en sérénité mature et sa nouvelle sensibilité plus subtile, plus réceptive aussi la conduisait vers une tranquillité d'âme, une empathie surprenante à laquelle elle n'aurait jamais osé prétendre, ni même simplement pensé auparavant. Elle faisait en somme la démarche inverse de celle d'Aurélien laissait son moi s'enfler avec le temps, s'hypertrophier dans sa récente passion monolithique et qui, dans sa superbe arrogance de mâle nouvellement comblé, n'avait jamais été aussi futile, aussi inconsistant.

La reine frivole et omnipotente de son échiquier l'avait donc au bout du compte moulé à son image et avait en dernier ressort eu raison de lui.

Montpellier, le 14 Juillet 1988

La Julienne

Debout sur la huitième marche de grès rose du coquet perron en demi-lune, Clarisse, qui surveillait d'un œil tantôt vigilant et critique le va-et-vient apparemment désordonné de ses trois déménageurs et tantôt de façon plus dilettante, voire un tantinet indiscrète, les rares allées et venues de la petite impasse où elle emménageait, l'avait aperçu, ou mieux, appréhendé, non pas tant avec les yeux, mais plutôt de l'intérieur, grâce à une sorte de télépathie quasi instantanée et radieuse qui, tout en lui laissant l'entière disposition de son regard, lui avait permis, du coin de l'œil, ou pour mieux dire, du coin du cœur, de le suivre dans sa déambulation à la fois hésitante et précise, tandis qu'il se frayait un minutieux chemin entre les meubles déposés, abandonnés sur le trottoir presque devant la grille de sa propre maison qui jouxtait celle de Clarisse, ou pour être tout à fait précis, qui jouxtait le jardin de Clarisse. Curieux, il s'était arrêté un instant devant le camion jaune et noir dont les dimensions babyloniennes engloutissaient littéralement la superficie déjà réduite de l'impasse, avait levé les yeux vers la haute armoire normande qui serait si difficile à caser, et ce faisant, son regard avait croisé celui de Clarisse, debout sur le perron, juste sous la marquise aussi jolie de forme et de légèreté qu'un éventail japonais.

Le jour fade et cotonneux de ce tardif après-midi glacé filtrait au travers des vitres rosées de la marquise, renvoyant sur le visage de Clarisse une vague lueur chaude presque vivante, tandis que çà et là, le gris terne des couvertures épaisses au relent de poussière et d'ailleurs qui, le temps du voyage, avaient emmitouflé ses meubles, jetait comme une chape de tristesse et d'ennui sur l'imbroglio d'objets posés là pêle-mêle sur le trottoir, épaves égarées sur le fleuve de la vie, vagues points de repères se dérobant sans cesse, jalons éphémères et trompeurs qui vous accompagnent pourtant fidèlement, survivent à vos chagrins et à vos deuils, cruelle rémanence de jours bénis des dieux.

Clarisse le suivit des yeux jusqu'à ce qu'il eût tourné la clef dans la serrure et disparu, comme aspiré, happé par l'obscurité à l'intérieur de la maison voisine. Aussitôt ce fut comme si elle venait de perdre quelque chose ou plutôt quelqu'un, ce vide soudain, ce manque au dedans d'elle-même, une sorte d'affolement, une façon de perdre pied psychologique, un subit désarroi de la pensée. Serait-ce le déménagement qui provoquait chez elle cette impression déroutante presque terrifiante de non appartenance.

Après avoir coupé les amarres, elle n'avait pas encore atteint le port, elle n'appartenait plus à la case départ et n'était malgré tout pas encore véritablement partie, cependant que les trois déménageurs repliaient leurs couvertures couleur de pluie et les entassaient méticuleusement au fond de leur immense camion vide, à côté de caisses bourrées de paille et de copeaux où s'étaient lovées ces mille et une babioles fragiles, pas toujours jolies, mais toujours aimées, qui, s'accrochant à votre vie, au fil du temps, vous encombrent le cœur et l'espace, réduisent la surface des meubles sur lesquels elles trônent, sans que l'on songe, sans que l'on ose vraiment les en déloger.

Elles font partie du paysage de la pièce tout comme un peuplier d'Italie, un clocher solitaire ou bien une éolienne couverte de rouille font corps avec un coin de campagne, s'y fondent à un point tel que vous finissez par ne plus les voir. Pourtant si un seul vient à disparaître, il restera encore longtemps suspendu, agrippé à votre souvenir...

Clarisse qui, jamais encore, n'avait eu l'indiscrète possibilité d'entrevoir de surprendre ainsi ses meubles abandonnés de la sorte sur un bout de trottoir, nus, hors de tout décor, dépouillés pour ainsi dire de leur contexte, privés de la chaude harmonie des rideaux, des tentures et tapis d'une pièce, fui étrangement émue devant l'étalage brutal, indécent de ses possessions, d'autant plus bouleversée que, dans la lumière mélancoliquement froide et grise de l'impasse inconnue et nom encore apprivoisée il lui faudrait se tisser un cocon de quiétude, sans pour autant se noyer dans une narcissique béatitude mais s'arracher à cette fascination nombrilique et prendre en faute cet aphorisme aristotélique affirmant que le bonheur est à ceux qui se suffisent à eux-mêmes. Mais la célérité et le savoir-faire de ses trois déménageurs ne lui laissèrent pas le temps de s'abimer dans ses coutumiers débats doux-amers, il ne restait plus sur le trottoir, que quelque malles-penderies vides, un dernier lot de couvertures grises bien pliées et un tas de sangles alanguies ayant servi à hisser ses meubles. C'est alors qu'elle l'aperçut pour la seconde fois : il sortait de chez lui l'air pressé, un filet à provision vide au bout du bras. D'emblée elle saisit la raison-profonde de son récent bouleversement : cette silhouette penchée en avant, comme impatiente d'arriver, tout en prenant le temps de regarder autour de soi afin de ne rien manquer de ce qui se passait, évoquait à s'y méprendre celle de son père, que d'innombrables souvenirs et pour le moins autant de craintes et d'habitudes retenaient loin d'elle, effrayé par le long trajet, l'inédit et la nouveauté.

Le départ du grand camion, jaune et noir redonna à l'impasse grise ses justes proportions et laissa Clarisse désemparée : dans la maison, sonore comme une cathédrale, seuls les meubles étaient à leur place et elle ne savait où poser son regard, des carton de livres empilés le long des murs, derrière les fauteuils et des ribambelles de caisses de vaisselle dont elle ne se servirait sans doute jamais semblaient jouer à cache-tampon dans chaque recoin disponible sous la cage d'escalier voire jusque dans la baignoire sabot, au premier étage.

Dépaysée au milieu de ses propres objets à la dérive et qui, eux aussi, semblaient flotter, indécis, sans place définie, Clarisse se sentait hésiter, incapable de s'adonner à quelque tâche précise. Pair les fenêtres sans rideaux, ce qui les faisait ressembler à de grands yeux écarquillés sur la morne désolation de l'impasse, elle s'imprégnait contre son gré de la grisaille hiémale étalée comme une pieuvre pétrifiée sur-les jardins d'en face. Le ciel bas, pesant et froid plaquait sur les arbres noirs une désespérance quasi palpable qui suintait le long des troncs luisants d'humidité et de tristesse, et Clarisse, déracinée, regardait sans le voir ce paysage, son paysage désormais, ce qui ferait son espace, son lieu à vivre et à mourir, puisque cette maison serait la dernière, l'ultime étape ? La vitre glacée étala sur son front comme une main humide et secourable et mit fin à cet auto- apitoiement de mauvais augure. Et comme pour entériner le fait et ajouter matière à d'autres cheminements de pensée, la silhouette voûtée qui lui rappelait tant son père, traversa derechef son champ de vision, s'interposa entre son spleen et la grisaille de l'autre côté de la vitre froide que touchait son front, catalyseur inopiné et involontaire, concentrant sur lui-même à son insu une foison de sentiments divers, un faisceau de promesses et de bonnes résolutions mêlées de lancinants remords à la seule pensée de savoir son père entré, loin d'elle dans la solitude progressive et inexorable de l'âge, dans le dépouillement ou plutôt le renoncement obligé qui prélude au grand départ.

Sans doute était-ce la providence ou tout au moins un signe pertinent qu'il lui fallait absolument accueillir comme inespéré et salvateur, si bien que son introversion habituelle, elle le subodorait déjà, allait fondre comme neige au soleil devant cet élan du cœur et devant cette occasion unique qu'elle se sentait prête à saisir ? En effet, avec la démesure cyclothymique qui lui était coutumière, elle, qui quelques secondes auparavant se comparait à ces fougères des bois dont les crosses vertes couvertes de sporanges à l'infini sont si soigneusement enroulées, repliées sur elles-mêmes qu'on les croirait incapables de s'épanouir. Et pourtant, elles finissent toujours par s'étirer et se déployer pareilles à de larges paumes ouvertes, prêtes à donner et à recevoir, tendues vers la lumière tilleul légèrement glauque d'une clairière...

La terrifiante et vertigineuse impression de non-appartenance avait, elle s'en rendit soudainement compte, inexplicablement disparu, une sérénité exaltante voire survoltée avait pris sa place et Clarisse, un peu étonnée encore de cette métamorphose, décida de se mettre à l'œuvre sur-le-champ, fleur bleue, elle se voyait déjà dans le rôle de bonne fée, elle serait son ange gardien, son rayon de soleil, et puisque les personnes âgées, c'est bien connu, ne prennent jamais la peine de préparer leur repas du soir qu'elles sautent allègrement sous le fallacieux prétexte qu'elles ont fait bombance à midi, Clarisse préparerait à son nouveau voisin une julienne parfumée au basilic comme elle seule en avait le secret... Oui, elle se ferait cordon bleu et chaque jour, lui apporterait, dans sa plus jolie soupière au décor fleuri de vieux Moustiers, ses plus savoureuses juliennes.

La cuisine étant le seul endroit de la maison à n'avoir gardé aucun stigmate du déménagement, en effet, Clarisse, fine cuisinière, avait tenu à ce que chaque meuble, voire chaque appareil, chaque ustensile de son ancienne cuisine fût déposé à la même place dans la nouvelle, elle avait d'ailleurs été considérablement aidée en ce sens puisque non seulement les dimensions des deux cuisines étaient quasiment semblables mais l'emplacement des portes et des fenêtres permettait un agencement presque identique, elle avait donc décidé d'emblée que la cuisine serait son repaire favori, son lieu-refuge puisqu'elle pourrait tout naturellement y retrouver, à la fois ses habitudes culinaires ainsi que ses schémas de pensées, ses canevas de méditations, le décor extérieur tout comme celui de l'âme : assise à sa table en bois de chêne dont elle connaissait la moindre veine, le moindre nœud pour les avoir examinés tant de fois lorsqu'elle était enfant, à l'heure du goûter et des devoirs, présentement, entourée du passé et du présent confondus, elle ressentait une singulière impression d'ubiquité, plongée simultanément dans un ailleurs qu'elle venait de quitter et un présent qu'elle connaissait à peine et que cependant elle reconnaissait. Seul le paysage par-delà les vitres était autre : des troncs d'arbres nus surgissant d'une pelouse détrempée et décolorée par le froid, remplaçaient le grand carré de ciel vide qui cernait le nid d'aigle, au douzième étage, qu'elle occupait autrefois.

La myriade de dés multicolores provenant de six légumes soigneusement découpés, cuisaient en douceur, emplissant l'espace tout entier d'effluves potagers, tant et si bien que Clarisse en avait oublié la maison désorganisée et sens dessus-dessous pour inhaler avec une délectation de connaisseur l'odeur robuste des légumes cuits ensemble et analyser la subtile alchimie de leur parfum rustique, anticipant déjà le moment privilégié où, la soupe cuite, elle sonnerait à la porte de la maison voisine, le pot bouillant brandi comme un Saint-Sacrement, offert avec son cœur tout autant qu'avec ses deux mains lovées autour de la chaude faïence fleurie qui commencerait à lui brûler les doigts...

Tout en se complaisant à devancer ainsi en pensée la marche du temps et cet instant précis, choisi entre tous où elle apporterait, le cœur en fête, sa julienne parfumée, Clarisse se faisait belle, presqu'aussi belle que pour une sortie mondaine, car n'était-ce pas là le premier pas vers une sorte de retrouvailles mystiques qui, au-delà de cette simple rencontre, semblait plutôt une aventure spirituelle, un rendez-vous des âmes où celui qui reçoit aussi bien que celui qui donne, participe d'un même état de grâce où la générosité et le don de soi ne sont pas l'apanage du donneur seulement et où recevoir implique en vérité tout autant de grandeur d'âme et de cœur.

Clarisse, mais en imagination seulement, s'était déjà vue accueillie par celui qui lui rappelait si étonnamment son père, aussi allait-elle découvrir avec consternation les embûches inattendues jalonnant le trajet entre sa propre cuisine et la maison voisine, que de pièges occultes sur un parcours aussi dérisoire. D'emblée, la descente des huit marches du perron se révéla des plus perfides car Clarisse qui n'avait pas encore eu le temps de les amadouer, ne connaissait ni leur topographie ni leur hauteur respective : à présent, portant la petite soupière remplie à ras bords de brûlante julienne, c'était avec d'infinies précautions qu'elle devait les appréhender, une à une, tâtonnant du pied, en aveugle, et chaque fois incertaine d'y trouver un point d'appui plan et solide. Que n'avait-elle pu répéter ce parcours au moins une fois "pour du beurre" auparavant, à l'instar des coureurs automobiles qui vont reconnaître les lieux avant la course, plutôt que de crapaüter ainsi, les doigts endoloris par la soupière brûlante, le long de ce vrai chemin de croix au cours duquel par deux fois elle dut déposer son fardeau sur la murette longeant les jardins de l'impasse, d'abord afin d'ouvrir la grille de son jardin puis, après un parcours sans faute sur un trottoir sans faille, celle du jardin d'à côté, profitant chaque fois de ce court répit pour dégourdir ses pauvres doigts quasi ébouillantés.

Il fut long à venir ouvrir, tirant de multiples verrous qui claquèrent comme des coups de fusil, entrebâilla la porte, une main réticente posée sur la poignée de cuivre. Il allait parler, lorsque Clarisse décontenancée, déroutée par la présence de celui qui ressemblait à son père de façon si éloquente, se lança aussitôt, avec l'audace des timides, dans un discours inattendu, incohérent : Voici ma julienne préférée - il ne faut jamais sauter de repas à votre âge - je suis votre nouvelle voisine - je vous ai aperçu de chez moi - vous alliez faire des courses - mon père habite très loin - il a presque votre âge - je vous ferai d'autres juliennes - ne la laissez pas refroidir puis sans lui donner le temps de répondre, elle lui tendit, d'un geste tout empreint d'une autoritaire douceur afin de ne rien répandre, la soupière au décor fleuri de vieux Moustiers encore brûlante, avant de rentrer chez elle en courant.

Que diable venait faire ici cette inconnue ? Il n'avait vraiment besoin de rien A présent il lui semblait bien qu'il la reconnaissait - il l'avait aperçue, debout sur le perron de la maison voisine, le toisant du haut des marches d'un air à la fois distant et protecteur. Il se sentait giflé, amoindri par cette visiteuse désinvolte dont il ne voulait pas être le meurt-de-faim. Il savait encore se faire cuire une soupe et n'avait cure de ses juliennes ! Il refuserait d'être la B.A. quotidienne de cette indiscrète qui le prenait sans doute pour un vieillard miséreux et cacochyme. Il ne serait pas le "petit pauvre " de cette patronnesse bouffie de zèle inopportun.

Tout à sa colère indignée il avait, presqu'à son insu, accepté des deux mains la petite soupière qui, toute chaude encore, commençait à lui brûler les doigts... et dans l'évier de grès rose démodé mais charmant, d'un geste résolument irréversible il vida le contenu bouillant : la ribambelle de petits dés polychromes soigneusement coupés fin s'y éparpilla tel le contenu d'un kaléidoscope éventré qu'un enfant curieux d'en découvrir le mécanisme subtilement simple aurait méticuleusement démantibulé. Au fond de l'évier, du cœur de la délicate mosaïque potagère, le jus des six légumes, comme un sang encore chaud, s'écoulait rêveusement de cette blessure mesquine d'amour-propre.

Montpellier, le 28 Janvier 1989

Rue Pavée du Cherche-Soucis

Jamais encore Léopold n'était entré dans un salon de coiffure pour hommes aussi étrange, encore que l'adjectif exceptionnel conviendrait beaucoup mieux pour qualifier la boutique à l'enseigne évoquant à s'y méprendre une "muleta" de matador sur laquelle étaient écrits ces mots « Al Volapié » (dialecte local, pensa Léopold), pour qualifier l'intérieur plus précisément, car il est vrai que de l'extérieur rien, à part l'enseigne, n'avait laissé supposer un agencement aussi original, dans le aussi étonnant salon de coiffure, 7 Rue Pavée du Cherche-Soucis. Léopold l'avait choisi pour deux raisons tout à fait étrangères à la décoration intérieure du magasin, décoration qu'il n'avait d'ailleurs pas encore vue, la première étant le nom de la rue qui lui avait paru recréer une atmosphère discrètement balzacienne qui, d'emblée lui avait plu, et cela d'autant qu'un modeste panonceau signalait aux éventuels amateurs que le coiffeur rasait aussi barbes et moustaches. Ce fut en somme ce qui décida Léopold, non à entrer séance tenante chez son futur coiffeur, mais tout simplement à le choisir, tout en attendant le lendemain pour s'y décider vraiment. En effet, Léopold avait toujours besoin d'un temps, non pas de réflexion, mais plutôt d'apprivoisement, pour appréhender les choses petit à petit, en douceur.

Si bien, qu'entrer aussitôt dans la boutique du coiffeur, lui aurait semblé une violence faite non à ce dernier bien sûr, mais à lui-même et il n'aurait pu en aucune manière s'y résoudre, il se contenta donc d'analyser en détail l'éventaire de la vitrine où une collection fort impressionnante de rasoirs à main d'époques diverses avait été disposée et enrubannée de telle façon sur un superbe coussin de velours noir et or qu'ils évoquaient à s'y méprendre des banderilles que l'on aurait raccourcies, plutôt que de simples rasoirs à main démodés et hors d'usage. Ils avaient en outre un petit air agressif et provocateur que Léopold ne manqua pas de constater, sans pour autant le formuler, l'appréciation restant au niveau d'une vague intuition, une sorte d'effluve de la pensée. Le nom de la rue l'intriguait davantage, car qui aurait été assez fou pour chercher des soucis, ces fleurs que les latins appelaient « solsequia » parce qu'elles, à l'instar des tournesols, suivaient la marche du soleil, entre les pavés ronds de cette rue étroite, où Justement le soleil n'atteignait qu'en plein été les étages inférieurs et jamais le rez-de-chaussée des maisons qui la bordaient. A moins qu'il ne s'agisse pas des fleurs mais "bien plutôt des soucis rongeurs d'âmes, gangrène des cœurs anxieux, qui le saurait ?

Léopold musait ainsi, spéculant sur l'origine et le sens du nom de la rue où demain il reviendrait se faire couper les cheveux et la barbe... et tandis qu'il s'éloignait, songeur, de la petite boutique, au 7 Rue Pavée du Cherche-Soucis, un air fringant tiré de la Carmen de Bizet flotta, comme le ferait un petit foulard de soie à la portière d'une limousine, léger, emporté par le vent encore tiède de l'automne à peine entamé.

Ce soir-là, la mélodie de Bizet le suivit jusqu'à l'instant béni du sommeil et même au-delà, l'enveloppa dans une sorte de nasse impalpable mais vivante qui, tissée avec les lambeaux de ses rêves, le retrouva dès son réveil, le conduisant quasi à son insu, comme un somnambule, jusqu'à la boutique du coiffeur où l'agressive collection de vieux rasoirs l'accueillit, cruellement présente aussi pour échapper à ce déploiement barbare, descendant les trois marches, il se faufila ou plutôt s'engouffra avec la hâte de celui qu'on poursuit, sans le salon 'Al Volapié' en contre-bas, où l'effet de surprise fut à la fois démesuré et si déroutant qu'il eut l'impression de perdre littéralement pied, comme si on l'avait soudain amputé des deux jambes. Non pas que les dimensions du salon fussent démesurées, en réalité elles étaient plutôt réduites, mais la composition du décor tenait à la fois du plateau d'un théâtre et d'un espace volé au musée Grévin ou à celui de Madame Tussauds où ne manquaient que les figures de cire.

Sur les trois pans de mur de la pièce, toute une kyrielle de photos polychromes représentant un torero, toujours le même d'ailleurs, aux prises avec le taureau durant les phases les plus marquantes de la corrida, entouraient comme d'une guirlande de fleurs tressées trois profonds miroirs qui, à la fois mangeaient toute la surface ou presque, des trois pans de mur, mais en même temps multipliaient l'espace dans toutes les directions donnant à ce salon de coiffure exigu des dimensions d'arènes ou tout au moins de salles des fêtes.

Devant ces trois miroirs de belle taille, trois sièges imposants destinés aux clients pivotaient sur un axe, fixés au sol par d'énormes boulons de cuivre luisant comme des escarboucles sur le rouge sang de bœuf des tommettes hexagonales. Entre ces miroirs, tout l'espace qui n'avait pas été dévoré par les photos de toréro toréant, était soigneusement occulté par les divers attributs de ce dernier : banderilles pomponnées de rubans bariolés, muletas écarlates évoquant l'estocade, capes surbrodées de fils d'or et d'argent torsadés et , suspendue à une patère sur le pan de mur qui lui faisait face, Léopold découvrit une 'mona y coleta' de satin noir, cette coiffe hémisphérique des toreros, qui pour les non-initiés ressemblerait confusément à la barrette trilobée de nos chanoines d'antan, elle paraissait avoir été accrochée là, sans aucune recherche d'esthétique mais plutôt lancée négligemment et avec adresse au bout de la patère à l'issue d'une corrida particulièrement harassante.

Léopold, fasciné, n'en finissait pas de se délecter à embrasser des yeux et du cœur ce décor insolite dont il n'avait pas encore, au milieu de cette singulière accumulation monographique ou plutôt monomaniaque, découvert l'épicentre pour ainsi dire. Un seul des trois fauteuils pivotants était occupé et légèrement incliné vers l'arrière : un client sans doute, les yeux fermés, une serviette blanche déployée autour du cou et sur les épaules, les joues déjà couvertes de mousse blanche, attendait patiemment qu'on lui coupât les cheveux et qu'on lui fit la barbe, dans l'arrière-boutique, derrière un rideau de velours frappé d'un rouge incarnat quelqu'un s'affairait et le rabattit sur le côté d'un geste vigoureux « Léopold, cloué sur place, au bas des trois marches allait assister au plus hallucinant des spectacles, l'air célèbre de Carmen avait subrepticement mais impérieusement envahi tout l'espace du salon de coiffure tandis que surgit soudain de derrière le rideau de velours, 'en habit de lumière' la minutieuse incarnation, la réplique plus que fidèle du matador des photos» marquant un temps d'arrêt, il se tint un instant debout, plutôt dressé sur la pointe des pieds, la main gauche appuyée sur la hanche et le bras droit tendu devant lui, brandissant telle une épée de torero son rasoir. Sur le rouge incarnat du rideau de velours son élégante silhouette paraissait plus blanche, plus or, plus lumineuse que jamais. S'avançant d'un pas léger de danseur par devers le client qui semblait endormi il se mit à lui faire tout bonnement, tout bêtement la barbe, mais avec des gestes d'une intensité dramatique telle que Léopold, guidé par l'envahissante musique de Bizet, se croyait sur les gradins de l'arène noyé dans les vivats d'une foule enthousiaste acclamant le torero.

L'homme ouvrit soudain les yeux et parla au coiffeur toréant debout au bas des trois marches. Léopold ne saisissait pas les propos échangés, mais d'après l'expression du client subodora que ce dernier n'était pas content, pas content du tout de la prestation de notre figaro, ses yeux noirs de colère, son geste péremptoire et nerveux indiquant le contour de son oreille droite, révélaient une insatisfaction manifeste, bref son comportement ;out entier exprimait un déplaisir extrême qui semblait aller encore grandissant 'après le ton qui ne cessait de monter entre les deux protagonistes puis tout ce se déroula comme en un accéléré cinématographique Léopold vit le coiffeur-torero esquisser, le mollet ferme et rond, la taille cambrée, le corps souple, quelque entrechat qui ressemblait à s'y méprendre à une « faena de muleta », le rasoir tenu à bout de bras tandis que dans l'arrière-boutique Bizet s'entêtait à déverser son opéra tragique.

Soudain, dans les éclats sonores du chœur, le torero-coiffeur fit d'un geste expert, précis et définitif, ce que les bucherons appellent une coupe à blanc estoc, et trancha net l'oreille droite de son client, la lançant d'un geste magnanime et triomphant à Léopold qu'il venait seulement d'apercevoir comme pétrifié au pied des trois marches comme s'il eût été le seul parmi la foule hurlante des gradins de l'arène à mériter la toute première oreille. Sur les tommettes hexagonales éclaboussées, les gouttes de sang tiède faisaient comme une noria d'étoiles vivantes qui n'en finissaient pas de jaillir dans ce firmament de pierre d'un rouge à présent décoloré et devenu presque blême.

Montpellier, le 10 Février 1989

Le palais des vents

La lumière délicatement satinée d'un couchant pailleté d'ors et de bronzes frappait de plein fouet les deux châssis à guillotine de la fenêtre de sa chambre, et même si les rideaux de cretonne fleurie effaçaient ou plutôt, tamisaient la calme splendeur recueillie d'un soleil hivernal à son déclin, l'espace à l'intérieur de la pièce en était cependant comme renouvelé, transfiguré même : une sorte de halo presque imperceptible lové autour des choses en arrondissait les formes, en estompait délicatement les contours et en métamorphosait les teintes, leur donnant une discrète patine qui, en quelque sorte, les sublimait. Mais il y avait longtemps que tante Maud ne savourait plus cette heure de fin d'après-midi jadis pourtant vénérée entre toutes pour la brillance de l'air, et la luminescence vénitienne de son espace. Les rideaux fermés à la beauté précaire, mais, chaque jour renouvelée, du couchant, n'étaient en somme que l'aboutissement inéluctable ou encore qu'une étape dans la lente désaffection d'une vie que le temps avait rongée pour ainsi dire jusqu'à l'os. Aujourd'hui, elle s'était refusée à tout effort : de son lit elle devinait, pour l'avoir si longtemps chéri et absorbé comme un véritable élixir de vie, la luminosité apaisante et toute particulière du ciel à cette heure privilégiée du jour, cette fois pourtant elle ne gardait sur la rétine, lorsqu'elle ouvrait puis refermait lentement ses yeux fatigués, que le quadrillage de la fenêtre qui, resté en filigrane sous ses paupières, évoquait, douloureux symbole, la grille serrée d'une lucarne de cachot.

Pourquoi l'espace, le mouvement, la vie elle-même, s'étaient-ils insidieusement et irréversiblement amenuisés ainsi, réduits de telle sorte qu'elle se sentait à présent comme ligotée, emmaillotée, serrée dans un cocon qui peu à peu lui avait interdit tout geste, tout élan, toute idée nouvelle ?

Était-ce la vieillesse, cet engourdissement progressif, ce rétrécissement létal qui niait le moindre frémissement du corps et de l'âme ? Ce cheminement circulaire de la pensée qui excluait tout écart et qui semblait devoir suivre immanquablement la même route sans le moindre espoir de pouvoir un jour oser s'en écarter. Toutes ces pensées ressassées, retournées, reconsidérées à l'infini - immobilité de l'esprit, ankylosé et point mort de l'âme, rigidité d'un corps amoindri et qui ne semblait plus vous obéir, comme si désormais il appartenait à un autre : tout cela était-il donc à ce point inévitable et inexorablement prévu ?

Tante Maud, qui de tout temps, avait savouré la lumière et l'espace transfigurés de la fin du jour, se laissait à présent noyer dans une sorte d'hébétude inquiète, d'angoisse diffuse qui lui faisait considérer ces instants jadis bénis, comme l'agonie perverse du jour, le seuil redoutable et obligé d'une obscurité menaçante. Elle, dont les insomnies s'étiraient d'une berge à l'autre de la nuit, émergeait au matin, gravide encore de tous les maléfices des ténèbres, comme un noyé gorgé d'eau déposé sur la rive. Mais au fur et à mesure que s'allongeaient les ombres, tante Maud guettait le subtil envahissement de l'obscurité, le lent obscurcissement de l'espace tandis que menaçait l'insolente et inexorable victoire de la nuit. Il lui semblait à présent avoir atteint le revers de sa vie et ses veilles qui en venaient à grignoter ses nuits presque jusqu'à épuisement, la laissaient pantelante et ô combien meurtrie ! Le jour nouveau n'avait plus de saveur et elle l'affrontait comme une épreuve répétée et chaque fois plus pénible : elle était le coureur de haies fatigué, qui, sa course terminée, voit surgir comme dans un cauchemar, à l'infini, d'autres haies, toujours plus difficiles à franchir et toujours plus rapprochées. Si seulement elle pouvait crier 'grâce !', cette course hallucinante s'arrêterait peut-être d'elle-même ?

Derrière les rideaux tirés, le soleil en avait profité pour disparaître, plongeant du même coup le quartier de Bloomsbury, le British Museum et la petite maison de style géorgien de tante Maud dans une obscurité tangible et foisonnante. Pourtant, lorsqu'elle ouvrait et refermait ses yeux rougis de veilles, elle ne voyait plus en filigrane le châssis quadrillé de la fenêtre à guillotine, la nuit l'avait effacé, la nuit qui à présent se repliait sur les sept coups de l'horloge de la galerie Courtault distinctement espacés, comme pour les ouater, les moduler et les étouffer dans son épaisseur cotonneuse, oppressante. Tante Maud les guettait ces sept coups, comme jadis, lorsque c'était l'heure favorite d'un 'high tea' plutôt tardif choisi par Simon, son mari, pour évoquer avec délices leurs multiples randonnées à travers Londres, qui durant près de quarante ans, allait être leur univers, leur mappemonde puisque Simon, que son métier d'architecte accaparait à un point tel, s'accommodait avec bonheur de leurs seules pérégrinations londoniennes. Tante Maud avait conformé et étréci ses propres désirs de voyages à ceux plus modestes de Simon comme on ajuste une longue-vue, tout naturellement, si bien que Londres était devenu un continent à découvrir : ils avaient ainsi appréhendé l'Egypte par le biais des collections du British Museum, à deux pas de chez eux ; la Grèce en découvrant la Procession des Grandes Panathénées arrachée au Parthénon en 1816.

La galerie Courtauld qu'ils voyaient de leur jardin, leur offrit l'occasion d'apprécier l'Italie à travers les chefs-d'œuvre de ses peintres primitifs, les Pays-Bas et la France, en savourant les tableaux de la Galerie

Nationale et de la Tate, bref, ils n'avaient pas eu trop de ces quarante ans pour découvrir le monde rien qu'en sillonnant Londres, et Maud n'avait jamais regretté un seul instant d'avoir sacrifié le premier au second.

Simon, qu'un cœur fragile obligeait à se ménager, avait trouvé ce pieux mensonge - son excès de travail exigeait qu'il restât à Londres - et s'était juré, devinant la frustration de Maud, même si elle s'en arrangeait de bonne grâce, s'était juré, dis -je, de se racquitter, de réparer en quelque sorte ce renoncement puisque Maud, de par sa faute à lui, ou pour être plus exact, de par sa faible constitution, avait été dépossédée du reste du monde qu'elle ne connaissait tout compte fait que par musées interposés - elle, qu'une énergie bouillonnante jointe à une curiosité éclectique, auraient conduite jusqu'au fin fond de l'univers si les circonstances avaient été tant soit peu différentes. Il lui laissa donc par devant notaire une somme confortable qu'elle devait dépenser en voyages, il était même allé jusqu'à prévoir dans les moindres détails les pays qu'elle visiterait lorsqu'il ne serait plus.

Maud, sans le savoir, lui avait facilité la tâche en évoquant avec feu mais sans arrière-pensée, tel ou tel endroit, entré dans la légende, à l'autre bout du monde, et qu'elle dînait béni des dieux. Il avait ainsi établi avec amour un itinéraire posthume où l'austère tombeau d'Agamemnon à Mycènes, celui de Cascilia Metella sur la Voie Appienne, tellement plus émouvant, l'élégant palais vénitien de la Ca d'Oro sur la rive est du Grand Canal, le Sphinx solitaire et défiguré sur la route des Grandes Pyramides, l'étonnant Palais des Vents de Jaipur et bien d'autres étapes minutieusement choisies formaient un long périple préparé avec tant de soins que Maud avait mis plus de dix ans à suivre ce fabuleux itinéraire avant d'en épuiser la magie de même que sa propre curiosité ainsi que sa fortune...

Au lendemain des obsèques de Simon, lorsque Maud annonça à ses neveux son départ imminent pour le continent, ce fut la consternation, l'indignation même. Elle devinait et comprenait à la fois leur irritation et leur grogne car elle savait à quel point le moindre de ses gestes avait toujours été disséqué, écartelé et mutilé jusqu'à ne plus rien devoir à la réalité. Pourtant elle ne faisait de tort à personne, mais si en l'occurrence, se conformer aux dernières volontés d'un mort était une faute grave, alors oui, elle était bien la plus grande pécheresse de la terre !

Voyager, partir et quitter le sol où gisait le corps à peine refroidi de Simon devait leur sembler la pire des vilenies. Pourtant, même sans l'ultime volonté de ce voyage posthume, Maud aurait quitté Londres, de toute façon, trop de réminiscences prégnantes lui rappelaient sa plénitude avec Simon et elle avait entrepris ce pèlerinage aux sources pour ainsi dire, puisque tous ces lieux de prédilection étaient à l'origine de plus de quarante années de bonheur, il serait plus exact de parler d'empathie ou de fusion, avec Simon, comme on entreprend un voyage initiatique, mais également pour continuer une œuvre et en garder l'auteur encore un peu avec soi, en soi...

Au bout d'une belle décennie, le dernier site absorbé, dévoré, le dernier penny dépensé, force-lui fut de regagner Bloomsbury, mais la tête emplie de foisonnantes perspectives, le cœur gravide d'impressions bouleversantes dont, malgré sa propre solitude, Simon n'avait à aucun moment été absent.

De retour dans sa petite maison, à l'ombre du British Museum, Maud pensa étouffer, car elle avait déjà épuisé la quintessence de Londres tout comme celle qui émanait des étapes choisies par Simon et à bien y réfléchir, également la plénitude que lui avait apporté la maison du temps de Simon. A présent elle lui apparaissait comme une coque desséchée, une enveloppe inerte et vide où elle n'avait plus sa vraie place. Il lui avait fallu vendre un à un les meubles et les tableaux pour vivre ou plutôt pour survivre tout simplement. Désormais il ne lui restait plus que sa chambre devenue à la fois son refuge et sa prison. Elle avait donné en location le reste de la maison et même le jardin, se faisait livrer ses repas à domicile grâce à « Meals on Wheels »[5], ce qui lui permettait de ne plus quitter sa chambre. Certains, plus malmenés par la vie que tante Maud, auraient considéré sa façon de survivre comme un état de grâce, une bénédiction, et

---

[5] Popote à domicile

s'en seraient non seulement contentés, mais, qui plus est en auraient 'fait leurs choux gras'. Pas Maud. Prévenus par le préposé aux repas portés à domicile étonné de découvrir intacts devant sa porte les repas d'un week-end de Bank Holiday, ses neveux la trouvèrent étendue sur son lit, dans la pénombre de sa chambre aux rideaux tirés, tenant encore dans ses deux mains raidies une photo malmenée par les ans : le fascinant Palais des Vents de Jaipur. Sans le vouloir, ou qui ne le saura jamais ? Elle avait choisi pour faire le grand voyage le lieu qui lui ressemblait le plus. Elle était comme ce palais dont la façade si délicatement ouvragée garde les empreintes de son lustre passé qui se délite et se décompose pour se disperser par toutes ces fenêtres qui s'ouvrent sur le vide et où seuls les vents persistent et signent.

Montpellier, le 30 Avril 1989

L'abonnement

Jamais encore, ou du moins pas dans son souvenir, Lisa n'avait éprouvé une telle exaltation, une joie aussi intense, à la seule pensée de pousser une porte, en l'occurrence, la grande porte vitrée flanquée de deux gigantesques atlantes à la nuque courbée, soutenant de leurs solides épaules le « Balcon dirèctoria » une revue géographique au titre ambitieux " Continents d'hier et de demain ", qui, ô rareté, paraissait deux fois par mois, et qu'elle convoitait depuis si longtemps.

En fait, il y avait trois ans déjà qu'elle désirait s'y abonner, mais plusieurs fois, lorsqu'elle avait été sur le point d'atteindre la somme nécessaire, prise sur ses économies et cela après bon nombre de sacrifices et de vexantes privations, leur petit hôtel particulier vétuste et décrépi, s'était mis à faire des siennes. Le toit avait pris des allures de cataracte à l'occasion d'un gros orage et l'installation électrique devenue un tantinet versatile avec les années, s'était soudain manifestée, lançant des éclairs rageurs virant sur le violet lorsqu'on tentait de brancher la moindre lampe supplémentaire, si bien que Lisa et sa sœur Emilienne se voyaient, une nouvelle fois, réduites à racler littéralement leurs fonds de tiroirs et du même coup, devaient remettre à bien plus tard, bon gré mal gré et le cœur en berne, leurs projets respectifs, afin de faire face aux multiples défaillances domestiques de leur capricieux logis. Lorsqu'enfin, ce dernier parut avoir retrouvé sa vitesse de croisière, pour ainsi dire, et, entré dans les eaux calmes d'un bon fonctionnement, fit preuve de bonne volonté et aborda une ère exempte de surprises et de factures imprévues et dévastatrices, Lisa dut derechef renvoyer aux calendes grecques, romaines eut été plus correct puisque les grecs n'avaient en fait pas de calendes ! L'acquisition de sa revue tant attendue bien sûr, elle savait que ce n'était que partie remise.

D'un commun accord, elles décidèrent que ce serait Emilienne, puisqu' elle était l'aînée, qui verrait son projet d'abonnement réalisé en premier elle avait jeté son dévolu sur le plus grand quotidien de la région ? il lui semblait, ainsi qu'à Lisa d'ailleurs, non seulement le plus intéressant, mais tout à fait indispensable, compte tenu de la pauvreté de leur vie sociale qui se limitait aux seules réunions liées à leur fonction au lycée. Les deux sœurs, en effet, ne sortaient de chez elles que par obligation, pour donner leurs cours d'histoire et de géographie dans le même établissement, à l'autre bout de la ville, profitant de ces trajets qui se faisaient toujours à pied, pour mener à bien les courses les plus urgentes, celles qui l'étaient moins, attendaient sagement qu'une occasion fortuite se présente , en fait, c'était le plus souvent la nécessité qui les forçait au bout du compte, à sortir de leur maison sise au 17 de la rue du Micocoulier.

Il est vrai que leur demeure avait du charme, beaucoup de charme serait plus exact, car contrairement aux constructions voisines qui arboraient deux ou même trois étages, la leur n'en avait qu'un, au-dessus de son rez-de-chaussée de plain-pied avec la rue, ce qui lui donnait des proportions plus gracieuses, une timide allure de temple grec qui se confirmait lorsqu'on franchissait la porte cochère dont le tympan sculpté s'appuyait sur deux colonnes corinthiennes au fût cannelé. Au-dessus de chaque fenêtre, un tympan de taille plus réduite relevait la classique sobriété et la monotone symétrie de la façade en pierres de taille blanchâtres qu'un crépi qui se desquamait, laissait apparaître. Passée la lourde porte cloutée de cuivre, on enfilait un porche sombre qui débouchait dans une cour intérieure, une sorte d'atrium entouré de portiques soutenant une galerie qui évoquait, mais en plus petit, celle des cours d'auberges au temps de Shakespeare, les balcons où les seigneurs assistaient au spectacle, tandis qu'en contre-bas, n'agitait la valetaille, pendant ces longues représentations qui duraient souvent plusieurs jours.

Lisa ne s'était jamais habituée à la beauté composite mais pourtant sereine de cette cour intérieure et prenait d'ailleurs grand soin de ne pas laisser s'installer en elle d'accoutumance à cet enchantement quotidien, et lorsque, rentrée du lycée, elle venait de refermer la lourde porte cochère du 17 Rue du Micocoulier, elle ne manquait jamais de se ménager un instant d'attente, de courte et joyeuse expectative, noyée dans l'obscurité tangible et palpitante du porche sombre, fermait les yeux et ne les ouvrait qu'arrivée sous la galerie à balustres du premier étage ; de là son regard avide recueillait comme en un précieux calice l'ensemble de la cour puis cajolait, caressait des yeux, un à un, les éléments qui participaient de la grâce et de la magie du lieu, magie et grâce que distillait de son feuillage léger et harmonieux un micocoulier presque centenaire au tronc gris planté au centre de la cour comme à peine la patte d'un gros éléphant à la peau fripée, et qui avait donné son nom à la rue.

Des myriades de petites feuilles vaporeuses d'un vert bleu captaient la lumière, la filtraient pour enfin la diffuser, tamisée et embellie dans l'espace carré de la cour. Toutes ces frondaisons jubilantes qui, les jours de soleil, éclaboussaient le clair-obscur autour de l'arbre, se retrouvaient, inversées, dans l'eau mouvante d'une vasque où elles dansaient parmi les gouttes opalines d'un jet d'eau nonchalant et discret qui n'ayant plus la force de monter très haut, semblait plutôt vouloir se recroqueviller sur son propre jaillissement timide, à peine audible mêlé au frémissement délicat des feuilles, si bien qu'il fallait tendre l'oreille pour percevoir le faible chuchotis de l'eau qui se coulait dans l'espace-temps et le transcendait.

D'en bas, au travers dos branches vaporeuses du micocoulier, les géraniums rouge sang accrochés aux balustres faisaient, à cause de la brise, des taches de feu éphémères et mouvantes, tandis que sur la première marche de l'escalier de pierre qui montait en biais jusqu'à l'étage, une chatte mouchetée de gris et de soleil , lovée sur une béatitude repue, ronronnait de plaisir et se laissait, elle aussi, glisser dans l'harmonie d'un décor que Lisa connaissait par cœur mais qui pourtant se découvrait à elle chaque fois renouvelé et transfiguré, avec tant de force qu'elle en était toujours émerveillée.

Si Lisa et Emilienne s'étaient enfin mises d'accord sur la nécessité de s'abonner à ce quotidien de renom, ce n'était pas uniquement pour nom contenu, fort intéressant certes, mais également pour mettre fin à une querelle quasi journalière qui les laissait chaque fois irritées contre elles-mêmes mais aussi l'une contre l'autre, tant le motif de leur sempiternelle dispute leur paraissait, avec un certain recul, futile absurde voire dangereux» En effet, l'achat quotidien de ce journal n'était jamais attribué clairement à l'une ou à l'autre, était-ce volontairement ? toujours est-il que certains jours, les deux sœurs, sans s'être concertées, revenaient, chacune avec le même exemplaire, alors que le lendemain, fortes de cette expérience, ni l'une ni l'autre n'osait se risquer à l'acheter, ce qui provoquait immanquablement d'interminables récriminations qui, non seulement rendaient l'atmosphère pesante mais finissait toujours par pousser Lisa, sitôt son repas avalé à la hâte et dans un silence gravide de reproches éculés qui n'attendaient qu'un seul mot de sa part pour se matérialiser dans une ritournelle bien rodée qui ne dévierait pas d'un seul iota, à regagner sa chambre, la privant ainsi, pendant la belle saison du moins, du plaisir de passer la soirée dans la pénombre pommelée de la cour, et d'y attendre la nuit, près de la vasque ronde où le petit jet d'eau, fragile soupir, se fondait dans le froissement soyeux des feuilles du vieux micocoulier. L'abonnement était donc la solution souveraine. Si bien que quelques jours plus tard lorsque Lisa aperçut parmi leur maigre courrier le tout premier numéro de l'abonnement de sa sœur Emilienne, elle ne put résister à l'envie, après avoir déchiré la bande qui portait le nom de son aînée, de le savourer bien installée dans son fauteuil d'osier favori ; elle était heureuse sous son arbre en cette fin de matinée de printemps, un subtil parfum de terre humide flottait autour des pots de géraniums rouges qu'elle venait d'arroser et le long des balustres, des gouttes d'eau jouaient aux diamants sur les feuilles et sur les fleurs, le soleil chauffait la cour dont il irisait les petits pavés ronds que Lisa venait d'humecter : rien que pour le plaisir, rien que pour l'odeur de pluie chaude, rien que pour la lumière qui jaillissait du sol comme une rosée délicate et précieuse. De son fauteuil, à sa place préférée, là où l'ombre était la pluie légère, elle voyait à la fois le jet d'eau, l'escalier de pierre où rêvait la chatte et l'enfilade de ses pots de géraniums en pleine floraison, elle se sentait bien dans ce décor qu'elle affectionnait tant. Était-ce le bonheur, cette sensation prenante et pourtant légère qui vous envahissait toute, vous coulait dans le décor même, à un point tel qu'il vous semblait devenir la pénombre sous l'arbre, le soleil sur les feuilles, l'eau dormeuse dans la vasque et les petits pavés ronds, chauds de soleil comme des pains sortis du four...

En réalité, Lisa ne se le demandait jamais clairement, mais se contentait de se laisser tout simplement flotter, bercer par cette subtile exaltation qui, telle une vague ébriété, lui montait à la tête, la rendait si légère qu'il lui venait aussitôt l'envie de danser. Elle se précipitait alors sur son piano, et dans ces moments-là, elle savait, avec certitude, qu'elle interprétait Chopin, Schuman, Schubert et Liszt, ses compositeurs favoris, quasiment à la perfection. Le petit hôtel lové autour de son micocoulier, se faisait alors temple de la musique et résonnait de leurs œuvres les plus échevelées. Dans la rue, les passants s'arrêtaient, ensorcelés par cette fougue triomphante, cet impétueux torrent mélodique que Lisa faisait ou plutôt laissait jaillir sous ses doigts volubiles, et qui emplissait comme à ras bords les moindres recoins de la maison et de la cour.

Sur l'escalier de pierre, la chatte, sortie de ses longues rêveries félines, posait sur la marche du haut ses deux pattes de devant, étirait, voluptueusement souple, ses vertèbres, une à une, soigneusement, puis retombait avec délices dans une somnolence gorgée de musique et de nonchalante béatitude. Après avoir transposé sur son clavier le trop-plein de sa joie d'être, Lisa reprenait alors le cours de ses occupations, apaisée, repue, ayant retrouvé une équanimité et une quiétude intérieures qui lui permettaient d'affronter sa sœur, encore que le terme 'affronter' décrive de façon un peu trop brutale l'attitude plutôt passive de Lisa face à la tyrannie d'Emilienne.

Ce fut la petite bande de papier Craft déchirée et tombée au pied du fauteuil de Lisa qui mit, pour ainsi dire, le feu aux poudres, car Emilienne, d'un naturel méticuleux, voire tatillon, en remarqua aussitôt les morceaux, à peine rentrée du lycée, et les ramassa. Mais ce n'est en fait que lorsqu1 elle y aperçut, après avoir reconstitué le puzzle, son nom et son adresse, qu'elle sortit vraiment de ses gonds, reprochant à Lisa, non seulement son manque d'ordre et sa négligence, mais aussi et surtout, son insupportable indiscrétion : comment avait-elle pu ouvrir un journal qui ne lui était pas destiné ? Et ce fut pour Emilienne l'occasion idoine de déverser une fois de plus la longue diatribe de ses reproches coutumiers, serinés à longueur d'année, à longueur de vie. Plongée dans la lecture de son journal, ou pour être tout à fait exact, celui d'Emilienne, Lisa ressentit cette irruption agressive et ces attaques verbales avec d'autant plus d'acuité et de déplaisir, qu'encore toute enveloppée dans la sérénité de son décor favori et noyée dans l'harmonieux silence encore prégnant de sa musique, à l'ombre de son micocoulier, elle avait atteint une sorte de nirvana confortable et suave à l'extrême.

Pourquoi avoir déchiré la bande qu'elle aurait tout aussi bien pu faire plisser, la gardant intacte, afin de pouvoir, après lecture, remettre le journal dans ses plis et le classer sur les étagères qu'elle avait elle-même installées tout exprès dans sa chambre ? Et la longue litanie d'invectives de reprendre de plus belle, comme la ritournelle de ces petits moulinets qui rabâchent sans cesse la même chanson, et cela à l'infini, pourvu qu'on prenne la peine de les actionner. Pour Emilienne, la moindre vétille était une provocation : la bande déchirée en était une, et de taille !

Lisa, bien que sincèrement désolée, trouvait qu'Emilienne exagérait, comme toujours, et conciliante, se proposa aussitôt de recoller les morceaux et de replier le journal exactement comme elle l'avait trouvé, mais Emilienne le lui arracha des mains d'un geste si brusque que la moitié se déchira tout net, ce qui mit littéralement hors d'elle cette dernière et cela d'autant plus qu'elle se savait entièrement responsable, tout en rejetant toute la faute sur sa cadette. Elle était de ces êtres qui, quelles que soient les circonstances, trouvent toujours le biais pour incriminer autrui de la faute qu'ils viennent eux-mêmes de commettre, il leur faut en permanence un bouc émissaire et leur raisonnement gauchi, perverti, aboutit à une logique que soutient une trame, en apparence seulement, tout à fait saine, mais découlant de prémisses erronées. Lisa l'avait vérifié, mainte et mainte fois et il lui aurait suffi de les réfuter d'emblée pour que toute la suite de la démonstration d'Emilienne s'effondrât, plus instable encore qu'un château de cartes, qu'un château de sable, Lisa préférait cette seconde image car il lui semblait que sa sœur bâtissait sur des bases bien fragiles, non seulement ses aphorismes et ses règles de vie, mais aussi ses accusations, si bien qu'elle avait, jusqu'à présent, toujours soigneusement évité de lui tenir tête et de la confondre une fois pour toutes, elle avait choisi l'évitement et la fuite plutôt qu'une confrontation ouverte et sans rémission où elle se savait de toute façon dans son droit mais où l'entêtement de mauvaise foi de son aînée depuis si longtemps ancré dans leurs rapports tenait lieu de justice.

 Lisa aimait mieux se sentir et se savoir dans la voie de la raison même si elle ne pouvait la faire accepter ni respecter plutôt que d'affronter Emilienne et son inqualifiable attitude à son égard, attitude qui n'était pas loin d'être une sorte de persécution quasi permanente à propos non seulement de vétilles mais encore de choix cruciaux concernant leur mode de vie de célibataires endurcies et quelque peu repliées sur elles-mêmes.

Ce journal qu'Emilienne recevait donc régulièrement par la poste, et qui aurait dû, cela avait été longtemps l'espoir de Lisa, rapprocher les deux sœurs, enrichir leur vie plutôt recluse, les allées et venues de leur maison au lycée exceptées, avait été, en fait, son remède pire que le mal, car Emilienne, au fil des distributions de ce quotidien, faisait montre d'un autoritarisme décuplé, d'une attitude dominatrice envers sa cadette, qui ne s'étaient encore jamais manifestés avec autant de force jusqu'alors, comme si l'épisode du journal déchiré accidentellement par Emilienne n'avait été que le facteur déclenchant, le révélateur d'une tendance latente à la tyrannie à laquelle , à présent, elle laissait libre cours et qui se manifestait dans toute son ampleur, voire toute sa démesure. Outre le fait que Lisa n'avait plus désormais le droit de le lire ni même de le toucher avant elle, Emilienne, sous l'égoïste prétexte de profiter au maximum de la lecture de 'son' journal, interdisait à sa sœur de faire le moindre bruit et notamment de jouer du piano.

Ce diktat, Lisa le trouvait à la fois justifié et cependant tout à fait arbitraire, car, d'une part, elle avait pris l'habitude de refermer son piano dès qu'Emilienne se mettait au travail, corrigeait des copies ou préparait ses cours, mais, la lecture d'un Journal exigeait-elle une mesure aussi drastique ? d'autant que Lisa ne se serait jamais risqué à jouer autre chose que des morceaux dont elle avait depuis longtemps déjà maîtrisé l'exécution, en effet, elle réservait ses gammes chromatiques et ses exercices de vélocité aux heures où sa sœur était au lycée, car jamais elle n'aurait osé ni voulu lui infliger un tel supplice, mais un impromptu de Schubert, une étude de Chopin ou une sonate de Schumann n'avait jamais empêché quiconque de lire tranquillement son journal , au contraire. Lisa trouvait à présent que son aînée outrepassait les bornes de son pouvoir, mais, devenue philosophe plus par nécessité que par inclination, et subissant depuis si longtemps le caractère tyrannique de son aînée, elle avait pris son mal en patience, sachant avec certitude que ces brimades allaient bientôt cesser immanquablement à la fin de ce troisième trimestre qui voyait, avec la régularité d'un mécanisme bien rodé, le départ d'Emilienne pour les Pays de Loire, plus précisément la Grande Brière, où sa marraine, douairière hypocondriaque goutteuse l'attendait avec l'impatience exacerbée des vieillards, afin qu'elle remît de l'ordre dans les affaires du domaine laissé pratiquement à l'abandon le reste de l'année.

Emilienne adorait ces deux mois pleins passés à régenter toute la maisonnée, à classer, ranger, ou plutôt à superviser les classements, les rangements exécutés par la domesticité, à présent bien réduite, il est vrai, mais ce séjour lui convenait parfaitement, d'autant qu'elle réussissait à joindre l'utile à l'agréable, puisqu'il lui était loisible de s'adonner, toutes les fois que les conditions atmosphériques le permettaient, à la pêche à la dandinette, son passe-temps favori, délaissé par force, faute de cours d'eau valables, le reste du temps.

Donc Lisa, au lieu de se rebiffer, ce qu'elle aurait pu légitimement faire, accepta de bonne grâce le rétrécissement frustrant mais provisoire il est vrai, de son loisir favori il lui restait l'anticipation joyeuse de son abonnement futur à 'Continents d'Hier et de Demain', et bien souvent, elle devançait en pensée le moment tant espéré, où, poussant la porte flanquée des deux atlantes, elle entrerait et tendant son chèque préparé à l'avance, elle se verrait remettre le reçu, preuve tangible et ô combien précieuse de la réalité de son abonnement.

Contrairement à Emilienne, qui avait besoin de donner des ordres et de les faire respecter pour se sentir exister et par ce fait, semblait atteindre un ersatz de bonheur, Lisa se suffisait à elle-même et puisait une sérénité empreinte d'une sage philosophie dans sa musique, ses lectures, ses projets, sa chatte et sa maison. La lumière du soleil kaléidoscopée à travers son micocoulier, ou la pluie sonore sur son feuillage, ou bien encore, quoique plus rare, l'infinitésimale caresse de la neige sur les pavés ronds de la cour, ou enfin la perspective séduisante de pouvoir feuilleter au fil des mois les exemplaires fascinants et porteurs de rêves de 'Continents d'Hier et de Demain', lui mettait des ailes au cœur et la plongeait dans un état qui touchait à la félicité. De plus, il ne restait que peu de jours à sa sœur pour exercer sur elle autorité étouffante et castratrice qui s'exercerait bientôt sur toute la maisonnée de Madame du Saulcy, sa marraine ; cette dernière, étant donné son âge et son état de santé se voyait obligée de laisser maison et jardins aller à vau-l'eau, tandis que ses deux domestiques prenaient du bon temps durant l'année scolaire, sachant bien que pendant tout l'été Emilienne les ferait travailler double voire triple afin de remettre en état le domaine. Ils s'étalent faits à cette idée et obéissaient sans renâcler aux ordres despotiques et sans appel d'Emilienne à qui Madame du Saulcy avait donné carte blanche, ainsi tout le monde y trouvait son compte, voire son bonheur, même Lisa, je dirais surtout Lisa, qui, au fur et à mesure que s'amenuisait le temps qui la séparait du départ d'Emilienne, sentait peu à peu le poids de ses diktats s'alléger. Elle se levait le matin dans un tourbillon d'idées et de projets si fous qu'ils la plongeaient dans une jubilation telle que les vexations d'Emilienne ne parvenaient même plus à la toucher, elle se sentait invulnérable. L'interdiction même de jouer du piano à certaines heures intensifiait encore le plaisir qu'elle prenait à interpréter ses compositeurs préférés lorsqu'elle savait sa sœur au lycée ; ce temps devenait d'autant plus précieux qu'il était compté, mesuré, étréci.

Mais ce qui lui donnait littéralement des ailes, c'était l'impatiente anticipation de ces deux mois de solitude, sans Emilienne, sensation ineffable, exquise, de liberté, mieux, de libération doublée d'un frémissement intérieur diffusant en elle une sorte d'allégresse qui lui faisait le corps et le cœur légers. N'avait-elle pas jusqu'alors vécu, le corps et le cœur lestés de plomb, étouffée par la tyrannie d'Emilienne ? A présent, avec la perspective de soixante jours de solitude fécondée, elle se sentait revivre et comme réhabilitée, revalorisée à ses propres yeux, et le peu de temps qui restait avant le départ d'Emilienne lui paraissait des plus savoureux.

Bien sûr, elle aurait aimé, elle aussi, troquer la chaleur torride de la ville contre l'humide fraîcheur de l'ombre verte flottant sur les canaux de la Grande Brière, mais ni leur Charme pers, ni même le souvenir du grand Steinway de concert trônant dans le salon de musique de Madame du Saulcy, n'aurait pu la décider à accompagner sa sœur un second été, car Lisa, l'année précédente, s'était laissé convaincre, en fait, c'était la première fois qu'Emilienne lui transmettait une invitation en bonne et due forme de la part de sa marraine, jusqu'à présent Emilienne s'était contentée de décrire avec un orgueil que Lisa trouvait un tantinet ridicule et prétentieux, ses multiples activités et l'importance de soit rôle dans la grande demeure, faisant ressortir ses responsabilités et l'ascendant qu'elle pensait avoir sur Madame du Saulcy. Lisa ne s'était laissé persuader que dans l'espoir d'exécuter ses morceaux préférés sur l'excellent piano de concert de Madame du Saulcy.

Il est à votre entière disposition avait-elle dit à Lisa dès son arrivée, mais, Emilienne, jalouse de cette faveur avait prévenu sa sœur. Pas de piano avant dix heures du matin, marraine se lève tard, pas de piano en début d'après-midi, marraine fait la sieste, pas de piano non plus de cinq à sept, marraine joue au scrabble avec le colonel de Révigny, pas de piano enfin après le repas du soir, marraine se couche tôt. Bref, elle avait le souvenir d'un temps peau de chagrin, d'un temps réduit à l'extrême et où les moments passés dans le salon de musique lui avaient été minutieusement comptés, mesurés, en outre Emilienne en avait profité pour régenter les vacances de sa sœur comme elle le faisait pour toute la maisonnée. Lisa en avait été profondément blessée, frustrée, et cela d'autant plus qu'elle subissait la domination d'Emilienne à longueur d'année et que le temps des vacances lui permettait d'habitude de se refaire, de se reprendre et de retrouver en quelque sorte sa propre identité, elle qui à force de céder aux injonctions de son aînée, en venait à se perdre, à se renier, à se diluer pour ainsi dire dans le magma constricteur des innombrables volontés d'Emilienne.

Debout sur le quai à présent désert, Lisa vit

disparaître le train qui emportait sa sœur, sa grosse valise de cuir fauve et les trois éléments de sa canne à pêche : délivrée, désenchaînée, Lisa, en ce très jeune matin d'été, retraversa les rues fraîches d'un pas léger de danseuse, l'air avait une pureté, une douceur émouvante» Longeant les pelouses du square qu'on venait d'arroser, elle respira longuement, profondément l'odeur commune et pourtant si subtile de terre humide et de fleurs gorgées d'eau et se sentit régénérée.

Mais ce ne fut qu'après avoir refermé la lourde porte cochère du 17 Rue du Micocoulier qu'elle se sentit éminemment elle-même, dans la pénombre veloutée du porche, elle pouvait tout à loisir, contempler son arbre, superbement immobile, les branches gracieusement presque éployées autour de son tronc lisse si parfait, à la fois dans sa forme et dans sa texture, que Lisa ne put résister à l'envie compulsive d'aller l'enserrer de ses deux bras tendus et de déposer un baiser sur l'écorce grise puis cherchant des yeux sa chatte au pelage ocellé, comme enroulée autour de son propre bien-être, benoîtement endormie sur l'escalier de pierre encore dans l'ombre mais qui avait su garder la chaleur bienfaisante du jour précédent. Rassurée, Lisa s'installa dans son fauteuil d'osier afin de savourer, de ressentir jusque dans la moindre particule de son corps et de son esprit ce bonheur qui l'envahissait, mais soûlée d'émotions et de félicité, elle s'y endormit.

Sevré de la présence sclérosante d'Emilienne, le petit hôtel particulier prit un air bohème et bon enfant et semblait vivre désormais à un rythme plus souple et où le temps était devenu élastique s les tâches ménagères se faisaient au gré des coups de cœur de Lisa mais l'acmé de ses journées reposait sur un moment privilégié entre tous, celui de la lecture quotidienne d'Emilienne, qu'elle avait omis de faire suivre. Pour décupler le plaisir défendu de lire le journal avant Emilienne, Lisa s'installait comme une 'pharaonne,' sur son lit, le plateau de son petit déjeuner à portée de la main et l'odeur appétissante de ses scones et de son thé chaud rendant encore plus exquise la saveur du fruit défendu se promettant néanmoins de replier chaque journal et de les classer tous sur l'étagère d'Emilienne et cela, avant son retour des Pays de Loire. Pour l'heure, elle goûtait en solo sa lecture et laissait, jour après jour, s'accumuler les strates imprimées qui, au fil des semaines se superposaient moelleusement autour de son lit à l'instar d'une moquette où se seraient inscrits au fur et à mesure tous les avatars de l'univers. Sur son lit, Lisa paradait, hors d'atteinte, enveloppée de quiétude, goûtant cette rémission avec une telle intensité qu'elle en devenait presque douloureuse. Les jours n'avaient plus assez d'heures et semblaient s'amenuiser, filer entre ses doigts comme un sable fin, impalpable et fuyant, tandis qu'elle inondait l'espace, le drapait de bouleversantes musiques. Jamais elle ne jouait si bien que l'été... traduisant sur son piano ces années d'asservissement et de résignation pour enfin les sublimer.

Juillet se fit août. Août allait se fondre dans septembre lorsque Lisa s'accorda une dernière sortie un concert romantique donné dans la cour des Visitandines, avant de s'attaquer au fastidieux classement des soixante journaux d'Emilienne, et elle était encore là-bas lorsque cette dernière rentra impromptu de vacances, voulant prendre sa cadette en flagrant délit de négligence ou de désordre.

Déposant sa grosse valise de cuir fauve et son attirail de pêche au pied du micocoulier, comme pour marquer son territoire, Emilienne alluma une cigarette pour se remettre du voyage et entreprit aussitôt de faire le tour du propriétaire dans le sens des aiguilles d'une montre, la cuisine, à gauche en entrant dans la cour, ne donna pas matière à la plus légère critique (elle l'avait donc "bien dressée, pensa-t-elle), seul détail nouveau quelque peu dérangeant tout de même, car il ne faisait pas partie de l'ancien décor : un superbe pot de basilic, rond comme une tête boudée de chérubin, trônait sur le dressoir, exhalant une discrète et poétique fragrance. Le salon, face au porche, semblait avoir subi un véritable nettoyage de printemps : ubuesquement tatillonne elle passa l'index sur la surface des meubles afin d'y trouver quelque poussière, en vain, les coussins des bergères de velours gris perle bien gonflés et les cendriers vidés, lavés même, semblaient lui faire la nique !

Un bouquet d'iris d'un mauve diaphane formait sur le piano une contexture précieuse d'une beauté singulièrement vivante. Emilienne referma d'un geste sec l'instrument resté ouvert et rangea la partition oubliée par Lisa. Comme dans l'Evangile, gardant le meilleur pour la fin, elle se dirigea vers la chambre de Lisa, face à la cuisine, de l'autre côté de la cour.

Intuitivement, elle savait que la chambre de Lisa manquerait toujours d'orthodoxie et pourtant, en entrant, elle reçut le choc -de sa vie-, comme disaient ses élèves : autour du lit, dans un désordre surréaliste gisait un nombre incalculable de journaux, ses propres journaux profanés par Lisa. De saisissement et de rage elle en oublia sa cigarette qui se lova dans l'épaisseur de cette marée de papier la rongeant discrètement...

La première chose que vit Lisa en rentrant du concert, ce fut la grosse valise de cuir fauve et l'attirail de pêche de son aînée, le cœur lui manqua, Emilienne avait-elle déjà découvert l'abominable sacrilège, l'ignominieuse accumulation qui dévorait tout l'espace autour du lit ? Lisa n'eut pas le loisir de ratiociner longtemps sur sa forfaiture, une odeur de papier brûlé flottait sur une écharpe de fumée qu'elle ne pouvait distinguer dans la pénombre de la cour, cela semblait venir de sa chambre ; elle eut à peine le temps d'ouvrir la porte que déjà les flammes lui sautèrent au visage.

Les 'hommes du feu' alertés par un passant intrigué par la piquante odeur de roussi, sauvèrent in extremis Emilienne évanouie dans un coin de la chambre. Traumatisée par le sinistre qui ravagea entièrement la chambre de Lisa ou par l'iconoclaste désordre qu'elle y avait aperçu, qui pourrait le dire ? Toujours est-il qu'elle n'avait gardé aucun souvenir de l'incendie qui n'avait pas laissé la moindre trace de ses soixante journaux. On ne découvrit jamais comment le feu avait pris dans la chambre de Lisa. L'enquête conclut à un court-circuit. Mais dès la rentrée de septembre, Emilienne, partiellement amnésique, proposa d'abonner sa cadette à « Continents d'Hier et de Demain ».

Montpellier, le 5 Juillet 1989

La Mal-Carrée

Clément, aussitôt son service militaire achevé en beauté dans un lointain bureau des Transmissions, fort de sa nouvelle expérience, s'était présenté à tous les concours des Postes possibles et imaginables, avait été reçu à presque tous et, contre l'avis de son père, avait tout naturellement choisi de devenir facteur. Je dis 'tout naturellement', non pas que les Transmissions aient en quelque sorte été à l'origine de ce choix, car c'était plutôt l'inverse s il avait devancé l'appel précisément afin de pouvoir choisir ces troupes spécialisées, pensant qu'elles lui permettraient de s'adonner à son penchant pour la communication et lui donneraient l'occasion de servir à relier les êtres entre eux, à les aider à entrer en relation les uns avec les autres, penchant qui remontait à dire vrai et sans la moindre exagération, à sa plus tendre enfance. Quand sa mère, sortant parfois de sa réserve habituelle, affirmait tout de go que son fils avait fait sa première tournée de facteur à l'âge de trois ans, elle n'avait pas tout à fait tort, même si cette affirmation paraissait à certains n'être qu'une contrevérité, voire un mensonge délibéré, et aux plus indulgents une extrapolation ne relevant que d'un amour maternel exacerbé et tant soit peu aveugle...

En réalité, entre ses parents maladivement réservés, taciturnes et repliés sur eux-mêmes, qui vivaient de leurs rentes, ou plus exactement de la retraite paternelle, dans une grande bâtisse, isolée, de guingois, au fond d'une sapinière, entre la rivière et la grand' route, Clément, quoiqu'encore dépendant de ses géniteurs, dès qu'il avait su marcher, donc pu se détacher physiquement, c'est-à-dire, corporellement, de la triste et silencieuse trinité qu'il formait avec eux, s'était pris d'une affection profonde, compulsive, semblant aller tout naturellement de soi, pour l'unique personnage qui, selon lui, avait l'ineffable privilège de venir du dehors, était extérieur à ce triangle austère et rabat-joie dont Clément faisait partie à son corps défendant en tout cas et du haut de ses trois ans, et cet attachement exclusif pour Cyprien Dumet, le facteur du village, se nourrissait jour après jour de ces échos ponctuels qu'il apportait d'un ailleurs fascinant sous forme de lettres, de journaux ou de livres. Il les tendait à Clément d'un geste à la fois théâtral et affectueux, sans jamais oublier de le saluer bien bas, à la manière des mousquetaires, et avec beaucoup de panache, même si son uniforme de facteur faisait plutôt triste figure. Mais Clément n'en avait cure et jubilait, fier d'avoir été choisi par son héros des Postes pour être le maillon, l'intermédiaire entre le monde extérieur et le sien, recroquevillé qu'il était sur un demi-hectare de terre avec en son centre la maison, sorte de pavillon de banlieue incongru, plus haut que large, comme monté en graine, dont le toit exagérément en surplomb ajoutait encore à son air sinistre et dont la surface au sol, au lieu d'être carrée ou rectangulaire, était manifestement rhombique, d'où son nom de 'Mal-Carrée'.

Clément, que son admiration inconditionnelle pour Cyprien Dumet, poussait au mimétisme, voulait bien entendu lui ressembler en tout point et avait demandé à sa mère de lui confectionner une sorte de petite besace qu'il prenait soin de jeter par-dessus son épaule du même geste décidé et précis que celui de

Cyprien lorsqu'après avoir déposé un instant sur le muret de la grille sa lourde sacoche en cuir si épais, si peu souple que même à la fin de sa tournée, elle se tenait toute raide et comme empesée sur la longue table de tri du minuscule bureau de poste du village, il la reprenait pour continuer sa route.

Debout près de la grille, Clément recevait leur courrier comme il eût reçu le Graal ou quelque Saint Viatique des mains de Cyprien, ce qui lui permettait, chaque jour, de défier l'atmosphère sombre et taciturne de l'étrange maison isolée entre la rivière et la route. Il remplissait alors sa petite besace d'un geste déjà adulte et responsable, s'inventant une tournée longue et compliquée qui l'obligeait à serpenter entre les sapins, sur d'imperceptibles tortilles connues de lui seul, puis ne manquait jamais de s'asseoir, d'un air faussement las, sur la margelle basse toute caparaçonnée de mousses érugineuses presque rases ourlant le bassin ovale au pied du perron. Là, songeur, il contemplait dans l'immobilité la plus complète le silencieux ballet d'une demi-douzaine de poissons rouges aux écailles mordorées évoluant avec grâce entre deux eaux; il les voyait nager en contre-bas, à quelques centimètres à peine sous la surface qu'ils venaient parfois troubler, y gravant d'éphémères cercles concentriques; multiples et frémissants, ils ondoyaient de longues minutes encore avant de disparaître, dans un espace-temps qui semblait s'étirer comme une pâte informe et sans saveur, privé de tout sens, de toute signification. En effet, après le passage de Cyprien, Clément se découvrait entièrement vidé de sa substance vivante et sentait peser sur lui le poids invalidant et morne de cette seconde moitié du jour.

Il y avait dans les journées de Clément deux parties bien distinctes qui n'avaient entre elles aucune ressemblance, aucun point commun si ce n'était que l'une précédait et que l'autre suivait le passage quotidien de Cyprien Dumet. Ainsi, la matinée était pour Clément un îlot de bonheur, une sorte de péninsule paradisiaque avec à son extrémité un moment de pure félicité : sa rencontre avec Cyprien, au pied de la grille, en fin de matinée. Jusqu'à ce moment précis, Clément, dans cette joyeuse perspective, voyait le monde chagrin qui l'entourait s'éclairer aussi soudainement, aussi brillamment qu'un ciel sombre pendant le bouquet final d'un coûteux feu d'artifice, tout en était transfiguré, jusqu'aux noirs sapins aux branches tombantes qui, le soir venu, lui inspiraient à la fois crainte et révulsion, mais qui, dès le lever du jour exerçaient sur lui une véritable fascination. C'était au cœur de la sapinière que Clément allait chaque matin : bercer sa plénitude, il choisissait une minuscule clairière, toujours la même, où l'herbe fine mais drue poussait entre la mousse, des touffes de brimbelles et des framboisiers sauvages rehaussaient l'attrait de ce lieu de prédilection ! Etendu sur le dos, les mains croisées sous la nuque en guise d'oreiller, Clément voyait, entre les branches souples des sapins, le ciel onduler, très haut, très bleu, dans un bruissement tantôt semblable au chuchotis de la mer, tantôt à la longue plainte de l'océan ou encore à la mélopée grondeuse d'un fleuve en crue.

Noyé dans ces musiques qui parfois se mêlaient, il tournait et retournait mille fois dans sa tête les questions qu'il voulait poser à Cyprien, sur le sens précis d'un mot qu'il avait réussi à déchiffrer ou sur la signification d'une phrase qui pour l'enfant refusait de livrer sa sagesse obscure, hermétique. Désormais, il se sentait vivre intensément, il se sentait exister en profondeur et en vérité, car peu à peu, il avait découvert que Cyprien, ou plutôt que l'affection qu'il lui portait, ou mieux encore, que leur affection réciproque était, pour Clément tout au moins, une manière de survivre, une planche de salut, une façon détournée, il est vrai, d'échapper à cette languissante solitude qui lentement asphyxiait la grande maison, à mi-chemin entre la rivière et la route, et il sentait bien que ses retrouvailles avec lui, six jours sur sept, étaient comme le moteur de sa propre existence, même s'il n'en était que très confusément conscient. Son être tout entier savait bien que Cyprien était sa manne quotidienne, et que sans lui, sans elle, il cesserait aussitôt d'exister, ne serait plus qu'un corps sans âme, un zombi égaré, un éternel exilé, un apatride, semblable à un aveugle dont le monde se limiterait aux quatre murs de sa chambre et dont il ferait le tour à l'infini pour tuer le temps.

Au contraire, grâce à Cyprien, pas à pas, lettre par lettre pour ainsi dire, il progressait dans les arcanes de la lecture, chaque rencontre lui apportant sa provision de mots neufs, clinquants ou discrets, gravides ou creux, qu'il emportait- comme une nourriture, qu'il répétait dans sa tête et sur ses lèvres, à voix haute dans sa clairière, comme pour en éprouver la force, comme pour en extraire puis en absorber toute la saveur, à voix basse aussi, et sans même bouger les lèvres, à table, au cours de ces interminables et silencieux repas dans la morne pénombre de la salle à manger ; il promenait dans sa tête les lettres, puis les mots que Cyprien lui avait appris, les assemblait à l'infini.

Bien sûr, cette méthode de lecture n'avait rien de très orthodoxe , mais Clément, aiguillonné par son ambition, sa soif de faire comme Cyprien, de connaître tout ce que connaissait Cyprien, se lança, grâce à elle, dans la féconde et gratifiante découverte du monde de la communication écrite, avec une volonté si farouche et une ardeur telle, qu'il maîtrisait déjà l'art subtil, non seulement de la lecture, mais également celui, plus délicat, de la compréhension de ce qu'il lisait, et cela, alors qu'il n'avait pas encore quatre ans.

Cet exploit ne s'était pas réalisé sans un prodigieux effort de sa part, car il ne lui était jamais venu à l'esprit de chercher un quelconque soutien auprès de ses parents, son père, après les repas, se calfeutrait aussitôt derrière la barrière infranchissable de son journal tenu à la verticale, inviolable rempart entre lui et le reste du monde, et s'entourait ainsi d'une carapace intouchable, imperméable à tout ce qui l'environnait, décourageant de la sorte toute tentative d'approche ; quant à sa mère, il ne l'avait jamais vue en train de lire, devant lui tout au moins, occupée, absorbée qu'elle était, sans cesse, par ces mille et un petits riens qui dévorent littéralement la vie d'une femme qui assume seule les tâches ménagères afférentes à l'entretien d'une grande maison. Il sentait, obscurément, qu'il les dérangeait et, en conséquence, se tenait à l'écart, si bien qu'il sut lire sans que ni l'un ni l'autre ne s'en aperçoive. Les prémisses avaient été pour l'enfant des plus ingrates, car même lorsque, jubilant, il avait pu ânonner ses premiers mots, il s'était aussitôt rendu compte que certains n'avaient pour lui aucun équivalent dans le monde qui l'entourait. Là encore, ce fut Cyprien qui vint chaque fois au secours de l'enfant désarçonné par cette découverte troublante : il lui avait fait cadeau d'une petite encyclopédie à l'usage des jeunes, ce qui permit à Clément d'assouvir sa soif de connaissance et d'effacer, au fur et à mesure que son savoir se faisait plus solide, l'impression désagréablement déroutante de lire des mots qui n'avaient pour lui aucun sens encore.

Ce jour-là, la matinée déjà chaude allait basculer dans la touffeur d'un midi de plein été aride et lourd, Clément attendait Cyprien, assis en tailleur dans l'ombre courte du pilier de la grille, il brûlait d'impatience, avide de partager la grande nouvelle : son entrée à l'école du village en septembre. Pour l'enfant solitaire c'était, avec la lecture, une porte de plus ouverte sur le monde et sa joie de l'annoncer à

Cyprien était assurément aussi essentielle que le fait lui-même. Il était plongé au plus profond de sa jubilation pleine de promesses lorsqu'une ombre se profila au pied de la grille, une ombre raccourcie et bossue là où la grosse sacoche de cuir épais déformait la silhouette du facteur.

Clément se leva d'un bond, devant lui un autre que Cyprien lui tendait le courrier. Vous êtes Clément, n'est-ce pas ? Cyprien m'a parlé de vous, je le remplace, il a été muté dans l'Est en avancement. Il l'a su trop tard pour vous prévenir mais vous a écrit : A demain !

Ce fut comme s'il était tombé au fond d'un gouffre et qu'il n'en finissait pas de s'enfoncer dans les entrailles de la terre au fur et à mesure que s'écoulaient les secondes, les minutes. Il regarda sans le voir le courrier qu'il froissait encore à deux mains comme pour le broyer, et l'impression d'anéantissement et de chute qui l'avait pour ainsi dire assommé disparut ou plutôt se mua avec une soudaineté si violente, si inattendue, en un besoin d'action, de destruction même, si compulsif que Clément en fut tout surpris, il lui semblait qu'une force étrangère à son propre vouloir le manipulait, le poussait jusqu'au petit pont qui, à l'orée de la sapinière, enjambait allègrement la rivière. Là, debout sur la pointe des pieds, penché sur le parapet, sans bien voir ce qu'il faisait, vu sa petite taille, il lança à la volée et de toutes ses forces d'enfant blessé, les lettres, les revues et les journaux dans l'eau tranquille de la rivière. Si Clément avait été plus grand, il aurait pu, au milieu de ces épaves écrites ou imprimées qui lentement voguaient comme de blancs nénuphars de l'Ecole Cubiste à la surface de l'eau, remarquer la sobre silhouette caractéristique de Saint-Pierre-aux-Nonnains, l'ancienne basilique remontant aux romains, sur une carte postale confiée par Cyprien à son remplaçant bien avant son départ définitif pour la Lorraine.

La vie à la Mal-Carrée avait repris son cours, et l'école, providentielle échéance, avait en partie, mais en partie seulement, en surface plutôt, émoussé la détresse et le désespoir de Clément. Cyprien avait écrit une seconde carte, une correspondance régulière s'était alors établie et les années avaient passé,

Cyprien s'était marié et Clément, à la naissance des jumelles Marine et Fleur, avait accepté d'être leur parrain. Plus tard, après son service militaire, si, contre l'avis de son père, il avait choisi de devenir facteur, c'était, bien sûr, pour être davantage encore, en empathie avec Cyprien : et lorsqu'il fut nommé à Metz, à l'instar du facteur Dumet, il crut véritablement mourir de bonheur.

L'hiver, il commençait sa tournée au pied du grand escalier, derrière la cathédrale et la terminait le long des quais de la Moselle. Ce jour-là, il lui restait encore l'ancien Quai des Tanneurs à desservir, et il longeait ses hautes maisons de bois vétustes et pittoresques, lorsqu'il croisa, comme d'habitude, un de ses collègues en fin de tournée.

Dis donc, Clément ! Il va falloir mettre les bouchées doubles et se partager la tournée de Dumet, il vient de mourir d'une embolie, Rue des Murs, devant la grille du couvent des Récollets. Une impression fulgurante que la terre s'ouvrait sous lui, l'envahit puis disparut, remplacée aussitôt par une impulsion d'une violence inouïe, et qui le propulsa, presqu'à son corps défendant, jusqu'au Moyen-Pont, là, en son milieu, par-dessus l'antique parapet de grès jaune il déversa d'un coup le contenu de sa sacoche encore à demi pleine et suivit du regard, sans les voir, les myriades de lettres, de journaux et de cartes postales qui, sur la surface mobile en contre-bas, comme autant de blancs chrysanthèmes géométriques, s'égaillaient, éparpillés sur la liquide mouvance.

Enjambant le parapet, il les vit encore quelques secondes, juste à la hauteur de ses yeux grands ouverts, minces lames blanches à la surface de l'onde, puis l'instant d'après, en contre-haut, petits rectangles blafards à présent gorgés d'eau, tandis qu'il s'enfonçait comme une pierre dans le prisme glacé du fleuve.

Montpellier, le 20 Juillet 1989

Voyage autour de mes plumes[6]

Elle ne savait pas, ne pouvait pas encore savoir qui elle était, ni où elle était. Il lui semblait avoir complètement perdu la mémoire, mais peut-être avait-elle tout simplement atteint ce moment précis où la mémoire se crée, s'élabore tandis que l'être justement se forme et se façonne : elle n'aurait su le dire. Il lui semblait en outre ne pas avoir eu de passé, elle était tout entière plongée dans un présent continu qu'elle ressentait de l'intérieur uniquement, l'extérieur s'étant borné jusqu'ici à une surface concave semi-translucide qui s'était sans doute peu à peu désagrégée, puis avait dû se fondre dans l'espace environnant avant de disparaître tout à fait, et d'où elle avait semblé émerger, ou plutôt qu'elle avait peut-être elle-même éliminée ou brisée, comme l'oisillon casse sa coquille d'un coup de bec expert bien que novice, avant de naître véritablement à la vie.

C'est à ce moment précis que la sensation et le

---

[6] Nouvelle à lire deux fois : vœu pieux de l'auteur !

souvenir d'avoir été contenue et enfermée dans un espace hermétiquement clos avaient tous deux cessé brutalement et qu'elle avait été aussitôt confrontée à une impression toute autre : celle d'une incapacité absolue de déterminer, de sentir jusqu'où allait son propre corps, il lui était de ce fait absolument impossible de circonscrire les limites exactes de son être. Pourtant, de toutes ses forces, elle avait essayé de se voir, de s'imaginer du dehors, mais comme la lueur opalescente qui avait réussi à percer la concavité qui l'entourait à ses débuts, avait, elle aussi disparu, elle se retrouvait par voie de conséquence, dans un espace ténébreux, d'un noir épais, presque gluant et d'une opacité totale.

Cependant, elle sentait bien au centre d'elle-même qu'elle existait. Pas une seule seconde elle ne mettait en doute sa propre existence, de cela au moins elle était sûre, pourtant elle sentait comme une faille, un hiatus lorsqu'elle tentait de se définir, à la fois par rapport à elle-même, mais également par rapport aux autres, à l'existence et à l'exigence des autres, car de cela aussi elle était sûre : en effet, autour d'elle il y avait les autres, et même si elle avait voulu en douter, le bruit qu'ils faisaient avec leur corps, ces froissements à la fois cotonneux et pour ainsi dire illimités, les cris semblables aux siens, qu'ils poussaient à intervalles réguliers, on aurait dit qu'ils cacardaient en quelque sorte, et enfin, la chaleur duveteuse qu'ils dégageaient était si intense, si suffocante, leur présence donc était à chaque instant si obvie et s'imposait à elle d'une façon si compulsive et si constante qu'elle ne pouvait en aucun cas, ni les ignorer, ni même par quelque effort soutenu de sa part, essayer de les effacer de sa conscience.

Elle avait toutefois, malgré cet environnement envahissant et par moment intolérablement confus et obscur, la possibilité d'éprouver malgré tout quelques rares sensations kinesthésiques, mais ces dernières hélas, ne concernaient que sa tête et son cou, les autres parties de son corps, comme entravées, étant incapables né serait-ce que d'ébaucher le moindre mouvement à cause de la proximité plus qu'immédiate des autres qui réclamaient et s'emparaient de leur espace vital à ses dépens, tout comme elle le faisait d'ailleurs vis-à-vis d'eux.

Mais pour en revenir à son cou et à sa tête, les sensations de mouvements qu'elle parvenait à ressentir à ce niveau, étaient plutôt vagues et diffuses mal définies en ce sens que l'obscurité qui envahissait l'espace dans lequel elle et les autres étaient plongés, cernés de toute part, ne lui permettait pas d'estimer à sa juste valeur l'angle de rotation de son propre cou, ni même celui de sa propre tête. Elle n'arrivait pas à une estimation précise et l'évaluait approximative-ment entre trois cents et trois cent soixante degrés. Pourtant ce constat ne laissait pas de la surprendre chaque fois, d'autant qu'elle essayait toujours d'être absolument rigoureuse et comptait le temps qu'elle mettait pour faire pivoter son cou puis sa tête jusqu'au point le plus extrême, avec la plus grande attention.

En réalité, ce qui faussait constamment ses calculs, c'était justement la concomitance des deux mouvements : celui de sa tête conjuguée, joint à celui de son cou et il lui était impossible de les distinguer et de les séparer l'un de l'autre.

Cette incapacité ne cessait de la tarauder. Pourtant, tandis que plusieurs fois par jour, elle tentait ainsi de faire le point, de se situer à l'intérieur, comme à l'extérieur, ce qui l'angoissait au plus haut point, ce n'était pas, paradoxalement la chappe d'obscurité profonde qui l'entourait, avec son cortège de bruits confus et multiples et cette chaleur vivante, grouillante qui l'environnait de toutes parts et qui, somme toute était plutôt sympathique et quasi conviviale, même si elle n'avait pu jusqu'à présent établir un contact fût-il précaire avec cet entourage inconnu, mais qu'elle subodorait de même nature que la sienne. En fait, ce qu'elle abominait le plus, c'était, dis-je, non pas tant l'obscurité ambiante, ni même cette immobilité forcée presque totale, mais bien plutôt ces éclairs prolongés de lumière intermittente il est vrai, mais si intense , si provocante que, malgré son ardent désir de découvrir le moindre détail sur la configuration des lieux où elle et les autres étaient retenus, elle ne pouvait que clore aussitôt ses paupières sous l'effet corrosif de cette lumière qui, tel un coup violent asséné sur ses yeux affaiblis et fragilisés par l'obscurité profonde et habituelle lui ôtait toute envie de garder, ne serait-ce qu'un millième de seconde les yeux ouverts. Aussi, tandis qu'elle serrait de toutes ses forces ses muscles oculaires afin de garder en elle la moindre particule de cette obscurité en définitive apaisante, elle sentait à chaque nouvel éclair qu'elle devinait plus qu'elle ne voyait au travers des membranes meurtries de ses yeux pourtant clos, que quelqu'un profitait de ce moment de désarroi pour l'obliger, à son corps défendant, à avaler tout d'une pièce et en toute hâte une masse compacte d'une texture granuleuse, et d'une saveur rustique évoquant celle des gros pains de campagne d'autrefois.

Décontenancée et amoindrie par l'agression de cette intense clarté, elle ne pouvait jamais réunir en elle assez d'énergie pour s'opposer à cette sorte de gavage forcé qui, elle devait le reconnaître, aurait pu lui paraître plutôt agréable dans la mesure où il apaisait une subtile sensation de faim à l'intérieur d'elle-même. Pourtant ces périodes de brutale lumière hérissées, entre les plages d'obscurité lénifiante>comme des piques, paraissaient surgir de l'ombre à intervalles de plus en plus fréquents, cela elle ne pouvait le vérifier avec certitude car elle n'avait aucun indice temporel auquel elle eut pu se référer, mais elle le sentait de l'intérieur, et cela d'autant qu'au fur et à mesure que se multipliaient ces séances de gogailles obligées, il lui semblait que poussait en elle une chose, ou plutôt une sorte de boule compacte qui grossissait avec la régularité affolante d'un métronome. Elle la sentait s'arrondir, peser au fond d'elle-même comme une pierre vivante sur laquelle, à chaque séance, venait s'agglutiner d'épaisses strates nouvelles, indéfiniment. Au début, elle avait été sur le point de penser que ce poids qui croissait en elle était un être qui lui ressemblait, un fœtus qui se développait en son sein, mais au fur et à mesure que le temps passait, ce temps qu'il lui était toujours aussi impossible de quantifier, elle avait dû se rendre à l'évidence, ce qui poussait en elle était bel et bien inerte même si, de périodes de lumière intense en périodes de chaude obscurité, la chose croissait visiblement - bien sûr, 'visiblement' n'est pas tout à fait le terme qui convient le mieux ici, 'sensiblement' eût été plus adéquat en outre, la manière incoercible qu'avait cette chose de croître et de bouffir au tréfonds d'elle-même, avait fini par la terrifier, précisément par son coté incoercible, inévitable, et qui ne pouvait la conduire qu'à sa propre destruction. En effet, elle se sentait s'amenuiser petit à petit, tandis qu'au dedans d'elle-même cette chose pesante prenait de plus en plus d'espace. A côté d'elle, par une intuition, toute animale, elle devinait que les autres, formes indéfinies comme elle, et comme elle, prégnants d'une même boule qui comme la sienne, grossissait aveuglément, prenant de plus en plus de place en eux aussi. L'espace entre elle et ces autres éléments était devenu si compact et d'une densité telle que tout mouvement leur était désormais devenu impossible. Ces formes vagues, assises, plutôt tassées sur leur fondement, tirées vers le bas par cette boule de chair qui dégageait en chacune d'elles de, savoureux effluves de grands restaurants, sentaient qu'elles étaient enfin arrivées à terme, mais que, pitoyables écorces désormais inutiles, elles seraient sacrifiées, immolées à ces masses délicieusement coûteuses et qu'elles avaient patiemment portées en leur sein.

Pauvres oies dociles !

Pauvres oies martyres !

Pauvres de nous !

Montpellier, le 23 Août 1989

Illusion d'optique

Ce matin-là, lorsque Méline ouvrit les yeux sur un petit jour mesquin et lipide qui plongeait encore sa chambre dans une sorte de magma confus où se noyaient indistinctement ses meubles et ses objets favoris, elle vit, ou plutôt sentit que quelque chose autour d'elle avait changé ; en effet, même si chaque objet était resté à sa place et reprenait avec le jour naissant sa coloration habituelle, elle avait soudain conscience qu'une sorte de hiatus s'était insidieusement interposé entre elle-même et ce qui l'entourait, un peu comme si une vitre transparente, mais néanmoins robuste, avait rendu l'espace qui la séparait de son décor quotidien, infranchissable. Il lui semblait qu'un porte-à-faux quasi imperceptible prévalait à présent dans leurs rapports de dépendance réciproque, rapports qui, jusque-là, avaient été d'une simplicité absolument sans détour.

Etonnée et vaguement inquiète, Méline, que cette impression nouvelle et tout à fait inattendue, mettait mal à l'aise, s'interrogeait, se demandant ce qui avait bien pu lui arriver, à elle, et à elle seule, puisqu'en fin de compte, elle venait encore de le constater, pas le moindre bibelot n'avait été déplacé, rien n'avait bougé dans l'ordonnance de son décor habituel ; elle en arriva donc à la conclusion logique, implacable, que c'était bien elle qui avait changé. Elle entreprit aussitôt de découvrir, ou du moins d'essayer de déceler au fond d'elle-même ce qui avait pu faire naître en elle cette étrange impression de différence, de dénivellement psychologique, et, c'est en pressentant la nature du problème qu'elle en saisit d'un coup toute l'ampleur et toute l'ambiguïté, sans pouvoir pour autant en deviner la cause, mais une chose était certaine, c'était en elle uniquement que se situait la difficulté : un peu comme si elle avait soudain voulu prendre ses distances par rapport à ce qui l'entourait, mais à son corps défendant.

Que pouvait bien signifier cette distanciation, ou plutôt cette volonté à rebrousse-cœur de distanciation, ce désir à la fois imprévisible et tellement compulsif, qui venait de l'envahir et qu'elle entretenait malgré elle ?

Pourtant ce décor, elle l'avait si soigneusement, si tendrement campé autour d'elle, l'avait fait serein et gratifiant, avait veillé, après de multiples tâtonnements, à ce chaque chose trouvât sa place, c'est-à-dire la seule qui convînt et qui mît en valeur son individualité. Par conséquent, pourquoi ces objets qu'elle avait si amoureusement choisis puis choyés, et qui, jusqu'à présent, s'étaient laissé apprivoiser et faisaient partie d'elle-même, pourquoi, ce matin-là précisément, lui étaient-ils devenus étrangers ? Pourquoi ce décor dans lequel, hier encore, elle se fondait, goûtant jusqu'à plus soif le bonheur quelque peu suranné de contempler les jeux de lumière sur les étoffes soyeuses qui se mariaient si bien aux textures mates et veloutées des murs où la patine ancienne des meubles prenait des teintes fauves et presque flamboyantes, pourquoi ce décor avait-il pu susciter ce regard froid et détaché qu'à présent elle portait sur lui ? Jusqu'alors elle s'y était glissée avec délice, sans réticence aucune, et voilà que ce matin, dès son réveil, elle avait ressenti ce malaise rien qu'en parcourant du regard son environnement immédiat et familier; elle hésita, car justement, plus rien autour d'elle ne lui paraissait familier, tout lui semblait insolite, et la parfaite ordonnance de son décor n'était plus, à ses yeux, qu'une juxtaposition incongrue, une accumulation exagérée, une surabondance insensée de meubles et de bibelots, devenus, tout simplement insupportables.

Désormais elle était aveugle à la beauté qu'elle avait créée autour d'elle et n'était plus sensible qu'à son inutilité, à sa vanité, ce n'était plus qu'un décor de théâtre factice et vide, abandonné par le regard aimant de l'unique personnage de la pièce. Et pourtant, ce décor s'était si bien prêté à sa fantaisie et avait participé de si bonne grâce à l'embellissement des lieux ! Se serait- il soudain regimbé ? Refuserait-il à présent de jouer son rôle ? En fait, elle ne croyait pas qu'il en fût ainsi, même si cette conclusion eût été la plus satisfaisante ; elle était bien obligée de se l'avouer, c'était en quelque sorte elle qui refusait de donner la réplique et de remplir sa part du contrat. C'était son propre regard qui avait changé, s'était épuré, et en s'épurant, avait perdu sa chaleur, était devenu aussi impersonnel et aussi détaché que celui d'un commissaire-priseur pour qui ces objets et ces meubles, si beaux fussent-ils, ne représentent en dernier ressort et malgré leur grâce, qu'un gagne-pain. Son regard les avait désinvestis de leur nature, ne lui laissant voir d'eux qu'une écorce vide, leur ombre plutôt, et cet aspect qui les privait de leur véritable signification, la déroutait, l'effrayait même, car ce regard désincarné lui retirait toute la joie qu'il lui avait offerte jusque-là. Par un désir de simplification, brutal et dérangeant, elle était arrivée au seuil d'une volonté d'éradication plutôt terrifiante : aspirant à l'essentiel, elle se voyait obligée de se défaire de ce qui faisait une bonne partie de sa vie et qui jusqu'alors avait tant participé de son moi.

Désormais aux prises avec une sorte d'étouffement psychique provoqué par ce décor à la fois rassurant et pesant, où ses meubles et ses objets accumulés, entassés autour d'elle, avaient tissé des fils de tendresse qui lui manipulaient le cœur comme si elle eût été leur marionnette, elle s'apercevait que ces fils d'abord ténus, s'étaient peu à peu mués en épais cordages : insidieusement, ils lui donnaient à présent la sensation de peser sur elle, poids insupportables, pierres tombales qui désormais l'empêchaient de respirer, de vivre selon l'éthique nouvelle, le détachement spirituel auquel, plus ou moins consciemment, et depuis longtemps déjà, elle désirait souscrire. Hélas, ils l'encombraient de leur présence tangible, constante et si prenante qu'ils lui ôtaient toute possibilité de transformation⁻, ou mieux, de conversion authentique. De ce fait, elle sentait bien qu'elle était loin d'avoir atteint ce point de non-retour où l'on abandonne tout pour une cause, qu'elle soit politique, religieuse ou autre ; au contraire, elle voulait encore se ménager une possibilité de retrait, une porte de sortie commode et toujours disponible, elle opta donc lâchement pour un moyen terme...

L'hôtel qu'elle avait choisi pour sa retraite 'spirituelle' était moyen lui aussi, mais moderne : elle pensait qu'ainsi, il offrirait plus de surfaces lisses, vierges de toute fioriture et de tout objet superflu, à l'encontre d'un vieil hôtel, qui lui, n'aurait pas manqué de ressembler ou du moins d'évoquer son propre appartement. En outre, pour rendre le dépaysement plus radical, son logis tournant le dos à la mer, elle s'autorisa une chambre donnant sur la plage, (le portier lui avait confié, d'un air à la fois désolé et faraud, que les jours d'équinoxes, le sable emporté par la tempête, grimpait allègrement jusqu'à la septième marche du perron qui en comptait douze !). Méline sentait bien qu'en choisissant un hôtel avec accès direct à la mer, elle s'accordait une faveur quelque peu interdite, et que son désir de simplification, de renoncement, serait de ce fait moins pur, entaché d'une sorte de faille, de brèche : qui sait alors ce qui pourrait s'insinuer par cette brèche et fragiliser ainsi sa volonté de dépouillement.

Elle comptait ne s'installer à l'hôtel que pour une période d'essai de trois mois : ceux de l'été finissant, ceux des fortes tempêtes à l'orée de l'automne, lorsque la mer broie ses eaux, les pétrit et les tord à l'infini...

Elle se donnait trois mois pour faire le point avec

elle-même, et mettre en vente, le cas échéant, tout ce qui encombrait à la fois sa vie et son esprit.

Il sentait qu'il était temps de changer de cap et de s'alléger de tout ce qui la retenait à ras de terre, car c'était ainsi qu'elle jugeait, pour le moment du moins, cet attachement outrancier à son décor, son confort, son cocon de béatitude, égocentrique, entièrement lovée autour de sa satisfaction esthétique personnelle.

Son départ pour l'hôtel au bord de la plage serait donc une étape vers la 'sainteté', non, ce terme était beaucoup trop entaché de connotations religieuses de toute sorte, et Méline préférait rester dans une neutralité équanime qui lui laisserait plus de liberté de pensée et d'action. Plutôt que de parler de sainteté, elle aimait mieux envisager sa démarche comme une recherche de l'essentiel et considérer son futur séjour à l'hôtel comme une sorte de Chemin de Damas, une façon d'entrer non pas en religion, mais en 'simplification' ; elle voulait donner à sa tentative une dimension mystique, en faire un choix d'anachorète moderne. Lorsqu'elle ferma à triple tour la porte de son appartement, elle n'emportait avec elle que quelques vêtements et objets indispensables ainsi que ses livres préférés, ne pensant y revenir que pour le mettre en vente dans quelques mois, car elle ne s'était donnée qu'un trimestre pour s'habituer au décor relativement épuré de sa chambre d'hôtel.

Cette dernière, claire, lisse et 'frugale', aurait pu évoquer une cellule de moine, si elle avait été moins vaste et si le mur donnant sur la mer, n'avait pas été entièrement dévoré par une immense bais vitrée où se composaient et se décomposaient en permanence, de fascinants tableaux faits de ciels changeants, d'eaux sans cesse en mouvance et de sables infatigablement façonnés par le vent, ce qui lui ôtait, à l'évidence, une grand part de son austérité, la transformant, au contraire, en un somptueux décor constamment renouvelé. Méline s'y sentit bien, dès le premier regard, seule une médiocre reproduction, plantée au beau milieu du mur qui faisait face au lit, détruisait l'harmonieuse sobriété de la pièce, on eût dit qu'elle exsudait sa laideur en cercles concentriques gagnant le mur tout entier. A part le lit, une chaise et une table qui lui servirait de bureau, il n'y avait rien d'autre dans la pièce qu'une grosse lampe de chevet posée à même le sol, désarticulée et d'un goût incertain, ce qui donna à Méline l'audace de s'en débarrasser ; et pour faire bonne mesure, l'abominable tableau fut sur-le-champ décroché et relégué, avec la lampe, au fond de la penderie de l'entrée.

Vidée à présent de tout ce qui l'avait défigurée, la chambre de Méline avait acquis un air faussement dépouillé et cela de façon tout à fait temporaire, depuis que Méline avait tiré les rideaux et que, par conséquent, le paysage marin était momentanément exclu, rejeté dans les ténèbres extérieures ; un plafonnier d'une simplicité hémisphérique des plus Spartiates jetait sur la pièce une lumière triste et sans chaleur, Méline eut alors envie de retirer de la penderie la lampe branlante, mais le seul souvenir de sa laideur l'en empêcha : elle se procurerait, dès le lendemain un meilleur éclairage. Ainsi, sans même s'en apercevoir, elle venait de faire une autre brèche dans son désir de renoncement, et cela, presqu'à son insu : elle allait réintroduire un élément de beauté qui, à nouveau tisserait ses fils d'amour entre elle et lui. De plus, en choisissant l'hôtel de la plage, elle avait déjà abdiqué, renoncé à un certain détachement, même si la chambre, noyée dans cet éclairage cru venu du plafond, avait pris un air de désolation et de nudité morose, si bien que Méline ne put alors s'empêcher d'éteindre le plafonnier, d'ouvrir tout grand les rideaux s d'un coup, ce fut comme si toute la beauté de l'univers avait soudain envahi la pièce, car le soleil, en cette soirée d'été finissant, même s'il venait de se coucher, s'agrippait encore aux contours des nuages ainsi qu'à la crête des vagues, et reflétait encore une lueur rosée d'une profondeur inouïe, d'une pureté émouvante.

Méline resta debout, longtemps, derrière la vitre, à contempler ce paysage qui désormais serait le lien, et ne se coucha que lorsque la nuit eut entièrement noyé dans un même et mystérieux abîme le ciel, la mer et le sable de la plage…

Dès le lendemain, elle décida de se mettre en quête d'une lampe, ce qui lui fut d'autant plus aisé qu'elle se souvenait, comme si cela s'était passé la veille, d'une singulière visite, quelques années auparavant, à l'atelier d'un sculpteur sur bois, lequel lui avait vendu une lampe. Son cœur se pinçait encore à la seule pensée d'avoir abandonné cette dernière dans son ancien logis, mais bien entendu, il n'était pas question d'aller l'y rechercher au risque de compromettre, voire de jeter à bas son grand désir de simplification, en se retrouvant face à face avec autant d'objets-souvenirs prêts à l'interpeler et à réinvestir son cœur.

L'atelier était à l'autre extrémité de la plage, il lui suffirait donc de longer le rivage jusqu'à la dernière maison avant les dunes, et même si elle n'y était allée qu'une seule fois, elle était certaine de reconnaître la petite maison basse sans prétention architecturale, d'un seul étage, avec son toit en terrasse et son unique pièce qui ne prenait le jour que par une longue fenêtre beaucoup plus large que haute et par la porte vitrée qui la jouxtait : toutes deux donnaient sur la plage. Méline se disait qu'elle avait à présent le même paysage depuis qu'elle logeait à l'hôtel, et tandis qu'elle marchait sur le sable humide, à la limite des vagues, elle revoyait l'intérieur de l'atelier du sculpteur sur bois s elle s'y était aussitôt sentie à l'aise, mais également bouleversée, fascinée par tant de perfection, tant de beauté ; c'était par une fin d'après-midi d'automne, comme aujourd'hui d'ailleurs, la nuit n'était pas encore tombée et le ciel avait pris une teinte bleu foncé d'une luminosité tamisée, mais profonde cependant, et lorsqu'elle avait poussé la porte de l'atelier plongé dans la pénombre, une mélodie hésitante, légère, à peine audible, déclenchée sans doute par l'ouverture de la porte, la poussa malgré elle à fredonner 'l'air du furet', "Il court, il court le furet, le furet du bois joli !" et une bouffée d'enfance entra avec elle dans l'atelier qui, à présent s'était subitement éclairé : posées sur des colonnes en bois noir torsadé, des lampes au pied travaillé, en bois elles aussi, mais clair, de l'olivier assurément, portaient chacune un abat-jour de soie, de surah ou de chantoung aux teintes opalescentes laissant filtrer une lumière imperceptiblement dorée d'une infinie douceur. Des statues en bois sculpté dressées entre les lampes, recevaient cette lumière comme une manne, en étaient transfigurées : l'expression de leur visage, si captivante, si vivante, que Méline n'avait jamais oublié le sourire extasié d'un garçonnet tenant un cerf-volant : il avait dans le regard toute l'exaltation, l'envie et l'admiration qu'un grand oiseau de papier, lâché au bout d'un fil jusque dans les profondeurs du ciel, peut susciter. Méline se souvenait aussi d'une 'Vierge à l'Enfant' inspirée des statues gothiques moyenâgeuses, et au hanchement caractéristique de cette époque-là Marie avait, tapie dans le regard, comme en une vision prémonitoire, toute la souffrance accumulée de la Vierge aux Sept Douleurs. Méline se remémorait encore le toucher satiné du bois poli, l'arrondi gracieux des joues, mais aussi l'expression douce-amère de la bouche. Quant à l'Enfant-Jésus, le désordre de ses boucles était si présent, si juste, qu'elle avait eu envie d'y passer les doigts afin d'en éprouver le soyeux et la fugace mouvance.

C'est alors qu'elle avait aperçu la lampe qui éclairait le visage de l'enfant et de sa mère : une lampe au pied en bois sculpté, l'artiste avait suivi les veines du bois pour le travailler, et son tracé tourmenté évoquait le retour d'une vague, ou plutôt le moment précis où ayant atteint son point culminant, elle se replie sur elle-même, Souple et déliée, dans une sorte de soupir chuchoté qui surprend et bouleverse toujours.

Quant à l'abat-jour, de forme sphérique et recouvert d'une soie sauvage écrue, il lui fit aussitôt songer à un soleil laiteux posé en équilibre sur la paume de la vague, grâce à quelque tour de magie blanche ou noire, qu'importe, l'effet était saisissant, surtout lorsqu'allumée, la lampe distillait autour d'elle la plus évanescente, la plus exquise des lumières, enrobant les choses et les êtres dans un nimbe à peine visible qui semblait les faire briller de l'intérieur, comme si la lampe eût révélé leur âme. Ce souvenir encore si vivace la ramena par la pensée dans l'appartement qu'elle avait délaissé pour l'hôtel de la plage et elle pensa, l'espace d'un éclair, qu'il lui serait facile d'y retourner, rien que pour y prendre sa lampe préférée, mais, tout bien pesé, n'aurait-ce été qu'une sorte de capitulation morale, une trahison envers elle-même ! De plus, ne risquait-elle pas de se laisser à nouveau retenir, agripper par ces liens qui, elle le sentait bien, la reliaient encore à son ancien logis ? Méline redoutait une nouvelle confrontation avec ce qui lui avait apporté tant de douceur et de sérénité, car qui sait si la vue de son décor familier, ne serait-ce que le temps d'y prendre la lampe, n'allait pas émousser ce désir de distanciation ou même le faire disparaître pour de bon ?

Elle sentait qu'elle devait aller jusqu'au bout de son renoncement, même si ce dernier n'était plus tout à fait aussi pur ni aussi entier qu'elle l'eût souhaité, depuis le choix frivole de l'hôtel de la plage ainsi que le présent désir d'acheter cette lampe qu'elle aimait déjà avant même de l'avoir vue ; et tandis qu'elle longeait la mer, le dos tourné au couchant, elle se répétait qu'elle avait décidé de prendre ses distances et ne voulait pas risquer de tout remettre en question pour une simple visite inopportune et somme toute évitable, à son ancien appartement, alors qu'il lui suffisait d'entrer dans la petite maison jouxtant les dunes pour y trouver une lampe avec laquelle elle se sentirait en harmonie tout en gardant un certain détachement...

Comme elle l'avait prévu, la lampe qu'elle découvrit chez le sculpteur dépassa ses anticipations les plus échevelées : sa chambre d'hôtel fut littéralement transformée, car la lumière, plus que douce, ineffable, caressait les surfaces lisses et froides, leur donnait un velouté chaleureux, moelleux presque : l'espace de la pièce n'était plus triste, mais chaud, vibrant, amical. Seul, au milieu du mur, face à son lit, le clou solitaire, bien en évidence depuis qu'elle avait enlevé l'affreux tableau, faisait une tache sombre encore agrandie par son ombre portée. Méline avait essayé de l'arracher du mur, mais en vain, le clou avait tenu bon, tant et si bien qu'il fut à l'origine d'une trahison de plus : Méline ne put résister à l'envie de le dissimuler sous un tableau davantage à sa convenance, une peinture qu'elle aimerait contempler et dans laquelle elle se fondrait. Elle s'en alla donc chiner chez les brocanteurs de la ville, finit par y découvrir un paysage à la Renoir, un champ de coquelicots lové autour d'un arbre majestueux, et sous l'arbre, une silhouette vêtue de blanc, lisait. Tout autour, une campagne accueillante, gravide de bruissements de feuilles, de bourdonnements alanguis d'abeilles, avec en contrepoint le vol lancinant et chaotique d'une mouche bleue écœurante et belle.

Lorsqu'elle ouvrait les yeux, dans la pénombre encore tamisée du petit matin, Méline ne manquait jamais d'entrer pour ainsi dire, dans son tableau, comme s'il se fût agi d'un lieu véritable, et tentait d'imaginer l'histoire que lisait la jeune fille sous son arbre et de fil en aiguille, ou plutôt de lampe en tableau, sa chambre d'hôtel, au début, si austère, voire si moche dans sa modernité et sa nudité impersonnelle, s'était apprivoisée, embellie, s'était faite chaleureuse, et contrairement à son ancien logis encombré de souvenirs d'héritages successifs aux multiples connotations affectives, sa chambre d'hôtel avait gardé, malgré tout, une sobriété de bon aloi, puisqu'elle n'y avait ajouté que la lampe au pied sculpté, son tableau à la Renoir, quelques livres aussi, fidèles compagnons d'insomnies, vénérés, indispensables, et lorsque Méline, face à son paysage marin, de l'autre côté de la baie vitrée, et dont chaque soir elle retrouvait la mouvante poésie, éprouvait le besoin de faire le point avec elle-même, force lui était de reconnaître qu'elle avait fini par atteindre, sur le plan matériel tout au moins, une certaine simplification, doublée d'une sorte de désencombrement psychologique. Néanmoins, si elle prenait la peine de s'analyser à fond, sans vouloir se masquer la réalité des choses, elle devait admettre que la simplicité 'étudiée' de sa chambre d'hôtel n'était en fait qu'une apparence, voire une imposture, car les liens de tendresse entre elle et les rares objets que contenait sa chambre la chevillaient bien plus sûrement, plus profondément que ne l'avait jamais fait la myriade d'objets dont regorgeait son appartement.

Ici, les liens entre elle et son décor étaient certes limités en nombre, mais leur intensité l'effrayait de par son authenticité, ces liens étaient plus subtils, plus tenaces, plus essentiels aussi : ils étaient en quelque sorte magnifiés, sublimés par la redoutable et magique présence de la mer , par sa beauté kaléidoscopique qui savait faire appel à ses cinq sens à la fois, elle la respirait comme un parfum, la caressait là où venait mourir le ressac, la couvait des yeux et du cœur, l'écoutait comme une musique ; en fait, la mer avait bouleversé les données du problème, si bien que tout était à refaire.

Ses efforts de simplification avaient été vains et le remède pire que le mal, puisqu'elle venait de comprendre qu'un seul objet, un tableau, ou en l'occurence la mer, pouvait l'absorber, la happer dans une sorte de contemplation, une sorte d'identification affective, identification qui, elle le subodorait déjà, finirait inévitablement par l'étouffer de son poids émotionnel et par susciter à nouveau ce désir compulsif, radical, de renoncement...

On était à présent en décembre et il fallait se décider, mais à quoi ?

Sa ténacité habituelle lui soufflait de quitter l'hôtel et de surseoir à son retour chez elle, afin de tenter un ultime essai, dernier sursaut vers une simplification qui la libérerait durablement, sans possibilité de rechute.

Une invitation parmi d'autres, à une retraite de Noël dans l'abbaye du Thoronet, au cœur de la Provence, fut le catalyseur providentiel de ses désirs, ce serait donc là sa dernière démarche ; si celle-ci échouait, Méline renoncerait une fois pour toutes, elle s'en fit la promesse.

La cellule monastique qu'elle occupait pendant cette retraite avait, à ses yeux, le dépouillement absolu auquel elle aspirait depuis si longtemps ; un lit étroit, une chaise en guise de table de chevet, pas d'électricité, une boîte d'allumettes accompagnait un bougeoir où s'étalaient les coulées de cire d'une bougie déjà à demi consommée. Au mur, un Christ, solitaire et meurtri poursuivait son agonie sur une croix en bois d'olivier. Par la fenêtre étroite, une campagne dénudée, sévère et terne en ce mois d'hiver où la nature se met en sourdine, projetait dans l'étroite pièce une morne désespérance...

Dans l'admirable salle capitulaire que l'on disait la plus ornée du monastère avec ses chapiteaux sculptés de feuilles d'eau, de fleurs et de pommes de pin (comble de l'élégance pour une abbaye cistercienne où seule l'austérité était de mise), Méline suivait avec conscience et obstination les colloques, assistait aux offices dans l'église abbatiale plus que dépouillée où les murs gouttereaux[7] immanquablement lisses, n'offraient rien à l'œil qui pût la distraire de sa méditation ou de sa prière, elle participait aux longues marches dans la forêt qui enserrait le Thoronet, on y parlait des 'Autres', des créatures de Dieu, de l'amour du Prochain : au début, Méline considéra ces pérégrinations en pleine nature davantage comme des promenades, de simples balades plutôt que des démarches spirituelles ou des 'pèlerinages aux sources'. Elle en revenait les bras chargés de fleurs séchées et momifiées par le soleil aussi bien que par le vent ou le gel, les poches gonflées de galets fossilifères aussi ornés que des dentelles de Malines, ou bien c'était un palet de rivière qu'elle avait gardé dans le creux de la main au cours de la marche elle lui avait communiqué sa chaleur, et en retour il lui avait offert la douceur de sa présence lisse, sa forme plate presque parfaite...

---

[7] Un mur portant une gouttière

Ainsi, au cours de cette période relativement courte (les neuf jours de la retraite de Noël), s'étaient à nouveau tissé des liens d'amour entre Méline et la nature autour du Thoronet : sa cellule, dont elle avait prisé le dépouillement orignal, regorgeait à présent de ces points de repères, fleurs séchées, cailloux, plumes de circaète, mais qu'importaient ces objets, c'étaient les fils qui la reliaient à eux qui s'imposaient à elle et qui l'enfermaient dans cette même impression d'étouffement qui l'avait tant surprise, par un matin frileux, dans son ancien appartement. L'ennemi l'avait, par conséquent, suivie jusqu'ici même, dans ce lieu où l'on vous apprenait la vanité des choses, si bien que Méline dut enfin se rendre à l'évidence : où qu'elle aille, elle ne manquerait jamais de tisser entre elle et les choses, des liens - des liens d'amour et de mutuelle dépendance. Certes, et elle venait seulement de le comprendre, ce n'était pas là l'essentiel : l'important allait au-delà des choses qui n[1]étaient en somme que des intermédiaires et qu'elle devait considérer comme tels, ces derniers devaient lui apprendre à appréhender les êtres. Car ce qui l'avait émue jusqu'à présent n'était qu'un monde inanimé auquel elle seule attribuait une réciprocité de sentiments. De même que cet animisme était outrancier, de même l'était le fait de croire que ces liens étaient la quintessence, le moyeu de sa vie. De toute évidence, les choses se laissent aimer, quant aux êtres, ils ont tous leurs réticences, leurs pudeurs, et on ne les appréhende pas de la même manière. Jusqu'ici Méline avait choisi la facilité, la nouvelle voie qu'elle entrevoyait ne serait pas sans obstacles, mais elle venait de faire craquer ce cocon égocentrique autour duquel l'extériorité des choses qu'elle avait aimées lui avait donné l'illusion de sortir d'elle-même, alors qu'en fait, elle n'avait jamais cessé de tourner en rond autour de son propre moi. Les objets dont elle s'entourait n'étaient pour ainsi dire que le prolongement protoplasmique de son être, et en cela, la docilité des choses lui avait facilité la tâche : l'arbre lui avait caché la forêt, c'est à dire les Autres.

Elle considéra la complexité de ses futurs rapports avec eux : le message tissé en filigrane dans la trame secrète de cette retraite commençait à se laisser déchiffrer et elle se demanda si l'élan de tendresse qui la poussait vers les choses et qu'elle ressentait en retour existait véritablement, ou bien s'il n'était que le reflet de son propre regard, de ses propres sentiments ? Se serait-elle méprise, méconnue à ce point ?

Et tandis que s'achevait son séjour dans l'extrême simplicité du Thoronet, Méline comprit enfin qu'il n'était point besoin de renier son ancien élan vers les choses. A présent, elle pouvait, en toute impunité, voire en toute immunité, regagner son ancien logis, la leçon avait été comprise. En fait et tout bien considéré, ces expériences avaient été les prémices, balbutiées certes, d'une approche autrement signifiante !

Montpellier, le 7 Janvier 1990

Le service des dames

A six heures du matin, comme à l'accoutumée, Aline fut pour ainsi dire projetée hors de son rêve par son radio-réveil l'émouvant solo de flûte d'un concerto de Savario Mercadante s'étira, se déploya comme un ruban sonore magique, presque divin et emplit sa chambre d'une musique allègre et triomphante, mais aujourd'hui il lui semblait qu'elle venait d'être tirée de son sommeil de façon encore plus arbitraire que d'habitude et que le repos qu'elle avait thésaurisé durant la nuit lui avait été injustement retiré, il avait été gommé en quelque sorte par la brutale irruption de la musique. Cette dernière, malgré sa pureté, ne parvenait plus à effacer l'impression, à la fois de frustration et d'anéantissement qui l'envahissait dès les premiers instants de son réveil : elle se sentait déjà lasse et ce temps nocturne de totale inconscience, de nirvâna temporaire et de fallacieuse détente qui, malgré ses imperfections, lui était devenu à présent indispensable, semblait chaque matin lui être arraché et du même coup, les quelques bienfaits qu'elle comptait en retirer, s'en trouvaient détruits. Son énergie lui échappait peu à peu, or à son âge (bientôt soixante- dix-sept ans), elle ne pouvait plus prendre le risque de perdre la moindre occasion, de refaire ses forces qui, de toute évidence s'amenuisaient de jour en jour, ainsi chaque réveil, qui aurait dû lui paraître comme une sorte de renaissance, avait en fait un avant-goût de mort et de néants, la musique la tirait immanquablement d'un mauvais sommeil accordé chichement aux toutes dernières heures de la nuit, ou plutôt au seuil même de l'aube, après de longues plages d'insomnies ou de demi-sommeil imparfait qui n'était rien d'autre qu'une somnolence striée de cauchemars, ne lui procurant plus désormais le moindre repos.

Malgré, ou plutôt précisément à cause de ces torturants réveils qui, de matin en matin, scandaient la progressive et inexorable perte de son capital de vie, la jubilante musique de Mercadante n'en était aujourd'hui que plus exaltante encore, et un tantinet narquoise, soulignant davantage la précarité de sa propre existence.

Pourtant cette usure du corps, mais non de l'âme, qui l'envahissait de façon de plus en plus tangible, de plus en plus tenace, n'avait pas encore réussi à étouffer en elle un petit coin de jeunesse et elle s'y agriffait comme un noyé qui, instinctivement, se tourne vers le moindre fétu de paille qu'il considère, contre toute évidence, comme son ultime planche de salut, fût-elle aussi fragile, aussi dérisoire. Ce sursaut de jeunesse qui surgissait à l'improviste, aux moments les plus inattendus de la journée, était offert comme un don inestimable à son être usé, vieilli par cinquante-quatre années vouées au service des dames de la petite et confortable maison de retraite Sainte-Ambroisine.

Cet établissement comptait douze pensionnaires égrotantes, acariâtres et moroses selon le temps ou tout simplement selon leur gré, ce qui exigeait d'Aline une dose infinie de patience et d'abnégation, si bien que ces « bains de jouvence », même s'ils n'étaient qu'éphémères, la transfiguraient, la relogeaient pour ainsi dire dans son corps alerte de jeune fille, toute fraîche émoulue de l'orphelinat où elle avait passé les deux premières décades de sa vie : on ne lui connaissait ni parent, ni frère, ni sœur, elle était littéralement seule au monde, mais qu'importe, elle était en bonne santé et de plus excellait dans les travaux d'aiguille et malgré leur complexité, ses broderies ajourées, ses canevas et ses festons étaient d'une exécution si minutieuse, d'une présentation si élégante que les dames patronnesses se les arrachaient dès l'ouverture de la vente de charité organisée chaque année au profit de l'orphelinat de caractère plutôt indépendant et se plaisant en sa propre compagnie, Aline, si elle souffrait parfois de solitude affective, supportait assez bien la promiscuité obligée du grand dortoir blanc aux lits étroits, aux petites armoires plaquées contre les murs et où toute intimité était véritablement impossible, sachant d'instinct pratiquer une sorte de relaxation sommaire, mais malgré tout efficace, qui lui permettait de s'abstraire du décor et des êtres à proximité. En revanche, l'ouvroir où les jeunes filles passaient le plus clair de leur temps, était pour Aline un endroit de prédilection, particulièrement en été lorsque les trois portes-fenêtres qui donnaient de plain-pied sur le verger, étaient grand ouvertes, on sortait alors toutes les tables à ouvrage sous les arbres fruitiers, et dans l'ombre pointilliste des mirabelliers un ouvroir délicieusement champêtre semblait surgir d'entre les troncs, les ronces claires à rayures bleu et blanc ornées d'un col marin couleur pervenche[8] posaient des taches gaies dans ce cadre de verdure déjà pommelé de soleil et, dans le silence ronronnant du verger, la voix monocorde d'une religieuse habituée à psalmodier matines et nones, s'enroulait autour des êtres et des choses , lisant 'La Vie des Saints' dont l'histoire s'éployait jour après jour, comme une tapisserie de haute lice, tandis que les orphelines cousaient ou brodaient sans parler, penchées sur leur ouvrage.

Pour Aline cette lecture qui s'écoulait semblable à un fleuve ou plutôt à un filet d'eau sans fin, sans à-coup, sans le moindre remous ou tourbillon, n'était plus qu'un bourdonnement monotone, inexistant, qui se fondait dans celui des insectes du verger, elle

---

[8] L'uniforme d'été des orphelines

réussissait sans effort à s'extraire du récit aux inflexions murmurées et douces qui se déversait autour d'elle sans l'atteindre. L'ensemble se mêlait, semblait fusionner pour devenir une sorte de bruissement universel qu'elle aurait pu, si elle en avait été instruite, comparer à la célèbre, musique des sphères si souvent évoquée par Shakespeare.

Ces moments privilégiés lui permettaient de s'évader du présent et d'anticiper avec allégresse les deux années qu'elle devait passer en Angleterre : elle avait vingt et un ans et le directeur de l'orphelinat, à la fois pour récompenser la perfection et le rendement de ses innombrables travaux d'aiguille, et pour la préparer à ses futures fonctions à Sainte-Ambroisine, avait décidé de l'envoyer outre-Manche. Il savait qu'elle serait bien chez la veuve de son vieil ami David Higgins, laquelle, pour compléter sa retraite, tenait un coquet 'Bed & Breakfast' sur le front de mer dans la baie de Weymouth, petite station balnéaire sans prétention où, dès 1789, le roi George III s'était baigné aux accents solennels du 'God Save The King' !

Pendant les longues heures d'ouvroir, tandis qu'elle cousait ou brodait en silence, Aline tentait de s'imaginer Weymouth et la maison de Dora Higgins s le directeur lui avait donné, afin qu'elle apprivoise en quelque sorte les lieux où elle allait vivre pendant deux ans, une pâle photographie couleur sépia, où l'on devinait encore, et comme noyé dans la brume, l'arrondi de la baie de Weymouth avec sa ribambelle de petites maisons de style géorgien, toutes semblables, toutes loties d'un perron de quatre marches, flanqué de deux 'bow-windows' [9]; au premier étage, trois fenêtres à guillotine complétaient chaque façade, et au-dessus, dans la pente du toit, trois lucarnes oblongues ornées de rideaux, suggéraient que les mansardes étaient habitables sinon habitées. Devant le numéro 7 » eu bas du perron, deux hommes jeunes encore, le coude appuyé sur la boule de cuivre poli qui terminait la rampe de fer forgé de chaque côté des marches, souriaient, des yeux seulement, car leur moustache en croc à la Garibaldi et leur barbe courte, mais drue, dissimulaient à la fois leur menton et leur

---

[9] Baie vitrée incurvée

bouche, si bien que leur sourire se trouvait tout entier lové dans leur regard. Cette photo vieillie, à peine déchiffrable était son seul point de repère, mais Aline, son imagination la bride sur le cou, s'en contentait : ce carré de papier jauni, écorné, de la taille d'une carte postale, était déjà pour elle, l'embryon de l'époque qui devait être la plus prégnante de sa vie.

Aline, au fil des mois, s'était tellement nourrie de cette vue de Weymouth, qu'elle pouvait, à n'importe quel moment de la journée, l'évoquer dans ses moindres détails. D'emblée cependant, elle en avait occulté les deux personnages pour ne privilégier que le décor, car elle n'avait jamais connu David, quant au directeur de l'orphelinat, il paraissait sur cette photographie, à la fois plus jeune d'allure et plus âgé, dissimulé derrière sa barbe et ses moustaches de coupe si obsolète qu'elle ne le reconnut pas, mais elle savait par cœur la ligne des toits des maisons qui longeaient la baie, l'arête alambiquée des cheminées et jusqu'au nombre exact des fenêtres à guillotine du Dorchester Crescent. Elle avait même réussi, à l'aide d'une loupe prêtée pour l'occasion, à percer l'obscure transparence des 'bow-windows' et à voir, avec les yeux de la foi, des silhouettes derrière leurs vitres sans persiennes, puis sa fantaisie faisait le reste.

Pendant les mois qui précédèrent son départ, à partir du jour où le directeur lui avait confié, et son projet pour elle, et la photo de la baie, Aline vécut le moindre de ses instants dans une sorte d'enfièvrement, d'éréthisme joyeux qui la sortait pour ainsi dire de son corps et la transportait, par quelque miracle de volonté, au pied des quatre marches du perron au 7 Dorchester Crescent, et pendant qu'elle rêvait ainsi, ses broderies et ses ouvrages cousus main n'avaient jamais été aussi parfaits, si tant est que l'on puisse accorder des degrés à la perfection. Aline désormais avait une double vie ou plutôt une vie double, celle de l'orphelinat, sans changements apparents et celle de son imaginaire, bond dans l'espace et le temps : un sang neuf semblait alors lui parcourir les veines, une sorte de transfiguration s'opérait en elle. Ses journées à l'orphelinat lui paraissaient comme le substrat, l'antichambre d'une auguste demeure et, prémisses d'une vie nouvelle, ils irradiaient la terne grisaille de son existence, à l'écart, au cœur de la puérile agitation ! de ses compagnes ...

Ainsi, lorsqu' à peine descendue du taxi, Aline aperçut Dora debout au pied des quatre marches, le coude appuyé sur la boule de cuivre de la rampe, son cœur la reconnut aussitôt et Dora dont le fils, ingénieur au Bhoutan, prospectait sur les pentes du Kula Kangri, considéra d'emblée Aline comme la sœur qu'elle avait toujours espéré lui donner : Aline se sentit, accueillie par une mère, enfin.

Elle qui n'avait jamais connu autre chose que les sommaires dortoirs de l'orphelinat goûta un plaisir neuf et éminemment sybaritique d'avoir, non seulement une chambre bien à elle, mais également celui de vivre dans un décor élégant, confortable, arrangé avec originalité certes, mais aussi avec amour. Par la fenêtre mansardée, la vue sur la baie lui coupa littéralement le souffle et lui mit des larmes aux yeux. Dès cet instant elle voua à Dora Higgins une adoration sans bornes, une confiance inconditionnelle et sans faille jusqu'à sa mort.

La vie s'organisa au 7 Dorchester Crescent, mais il

ne s'agissait pas vraiment d'organisation, car leurs tâches journalières pouvaient être accomplies par Dora ou Aline indifféremment les courses, la cuisine, les plateaux des pensionnaires du "Bed & Breakfast" et le ménage. Ainsi le matin, si Dora se sentait un peu lasse, c'était Aline qui faisait le marché, non par obligation, mais tout simplement parce qu'elle se sentait heureuse de le faire et qu'en outre elle savait que Dora pouvait se reposer en paix. Inversement, si une lancinante migraine lui vrillait les tempes jusqu'à lui donner la nausée, Aline pouvait compter sur Dora pour le ménage des chambres d'hôtes et tout se faisait sans contrainte aucune, dans une symbiose de pensée qui rendait leur vie si harmonieuse que même le travail de la matinée était mené à son terme, non seulement d'un cœur léger, mais avec un enthousiasme qui donnait à leurs journées une saveur de bonheur que ni l'une ni l'autre n'avait encore éprouvée : Dora avait une fille, Aline avait une mère et c'était bien ainsi.

Ces quelques tâches ménagères leur permettaient de longue après-midi passée à lire des œuvres minutieusement choisies par Dora : Aline, dont la seule lecture avait été jusque-là les modestes articles de "La Gazette du Terroir" déposée gratuitement à l'orphelinat, tomba incontinent sous le charme et dévora la bibliothèque de Dora avec une insatiabilité qui ne laissait pas de l'étonner elle-même. C'était pour elle une ouverture sur le monde telle, que la soudaine et fascinante découverte de ces microcosmes divers et encore totalement insoupçonnés, lui donnait à proprement parler le vertige. Parallèlement, ce qui lui apporta sans conteste autant de joie et suscita chez elle autant d'enthousiasme que la découverte des livres, ce fut son initiation à une musique autre que les chants choraux des orphelines à la voix criarde et mal posée, ou le plain-chant monodique des religieuses à Vêpres et Complies, ainsi, lorsque Dora lui fit, pour la première fois, écouter du Mozart, Aline en perçut aussitôt la beauté simple avec une violence si singulière que la mélodie pourtant légère et sans démesure aucune, lui fit l'effet d'un coup en pleine poitrine : elle n'avait jamais pensé appréhender un jour une telle pureté et Mozart la désarçonna. Dora, subodorant ces tumultueux remous, se fit un devoir, malgré l'impatience et la curiosité qu'elle éprouvait devant ces réactions extrêmes et cette sensibilité à fleur de cœur de la jeune orpheline, de doser avec une infinie sagesse ces espaces musicaux, les limitant aux jours pluvieux, aussi, lorsqu'un crachin ténu, grisâtre et flou filtrait la beauté marine de la baie, Dora ne manquait jamais d'en profiter pour initier Aline à la musique qu'elle-même aimait et toutes deux l'écoutaient alors avec une sorte de révérencieuse délectation, la respirant de toutes leurs âmes, éblouies : la diaphane mélancolie de la pluie épandue sur la mer comme une voile distendue, rendait un solo de flute encore plus déchirant, le piano et le violon qui se répondaient ou bien s'esquivaient tour à tour dans les méandres d'une sonate de Beethoven, avaient encore plus d'éclat par contraste. Aline se laissait alors engloutir dans ces admirables tourbillons sonores et, la nuit venue, remontait dans sa chambre silencieuse, la tête et le cœur emplis de ces divines musiques. Elle les engrangeait, en peaufinait le souvenir, sachant qu'elle en aurait besoin à Sainte-

Ambroisine : elle pressentait, confusément, que la jeunesse ne côtoie pas sans quelque grief le grand âge et que tôt ou tard surviendrait un phénomène d'osmose, une sorte de mimétisme , qui, à son insu, lui communiquerait peu à peu la rigidité du corps et de l'âme, l'entêtement étréci de ses pensionnaires, ou bien alors, elle rejetterait ces dernières, effrayée par la découverte prématurée et en gros plan, de la mort qui, jour après jour, s'insinuait dans la moindre parcelle de leur corps rompu que la vie lâchement abandonnait. Or elle ne voulait ni leur ressembler, ni les rejeter, on avait besoin d'elle, elle serait là, et ses souvenirs seraient son rempart et son refuge, ils la protégeraient, à la fois de cette contagion létale sournoise et de cette cruelle fin de non-recevoir. Les souvenirs de ce temps béni seraient la tour d'ivoire qui la rendrait forte : musiques des mots, musiques des notes, ou encore, musiques des choses simples glanées le long des chemins de campagne autour de Weymouth, les jours de beau temps, lorsque le soleil mettait des points de lumière à la crête des vagues ou que l'herbe des collines dominant la mer, était si verte qu'elle semblait vous sauter au visage comme une bête sauvage et vous obligeait à fermer les yeux. De ces promenades avec Dora elle rapportait d'étonnantes babioles, galets aux teintes mêlées, coquillages aussi translucides que du Wedgwood, bribes de laine épaisse accrochées aux clôtures après le passage d'un, troupeau, plumes de mouette, racines en vrille, marrons brillants comme des sous neufs, autant de points de repère pour plus tard : chacun évoquerait, ou mieux encore, recréerait ce temps mille fois béni où le seul fait de respirer lui était une extase.

Un jour il fallut songer au départ d'Aline car il était présent partout désormais et contaminait à un tel point 'l'ici et le maintenant' pue toutes deux avaient hâte d'atteindre l'échéance. Elles avaient, sans se l'être dit, reculé à l'extrême le moment où l'on ne peut plus éviter de parler de la séparation, et avaient résisté à l'angoisse du départ ; il ne leur restait à présent qu'une semaine avant le retour d'Aline en France et son installation définitive à Sainte-Ambroisine.

D'un commun accord elles avaient décidé qu'Aline ne devait jamais revenir à Weymouth, afin de garder intact le souvenir radieux de ces deux années harmonieuses et fécondes, leur mémoire serait leur reliquaire, protégé désormais comme un trésor hors du temps. Elles voulaient que ce séjour soit pour ainsi dire sublimé, non altéré par d'éventuels retours à Weymouth qui auraient inévitablement terni l'image de ces moments de trésors partagés que personne ne pourrait jamais leur dérober cet amour de la lecture, de la musique et de la terre qui leur était commun à présent, faisait partie intégrante de leur vie et servirait de lien.

Le séjour d'Aline à Weymouth l'avait préparée à ses futures fonctions à Sainte-Ambroisine, que l'on pouvait, dans une certaine mesure et toutes proportions gardées, comparer à la pension que tenait Dora, pourtant un seul aspect, et non des moindres, n'avait pas été encore éprouvé sur le vif : la constante présence de la vieillesse, coudoiement journalier avec la lente régression physique et psychique de ses futures pensionnaires. Cela, Dora avait délibérément choisi de ne pas en instruire Aline dont elle voulait, durant ces deux années, préserver le bonheur et cultiver la joie de l'instant dans toute sa plénitude : Sainte-Ambroisine, ses tâches pénibles, ses abnégations, ses sacrifices et ses renoncements viendraient bien assez tôt. La force sur laquelle comptait Dora pour aider l'orpheline, c'était cette tendresse dont elle l'avait entourée, enveloppée jour après jour, et qui avait donné à Aline, pour la première fois de sa vie, la certitude d'avoir, non seulement un point d'ancrage, mais d'être ce point d'ancrage pour Dora, généreux équilibre où la mère avait trouvé un enfant et l'enfant, une mère : cette évidence serait leur pierre d'angle, leur voussoir que de téméraires retrouvailles auraient ébranlée.

Le temps des bagages : les innombrables petits riens glanés au cours de leurs promenades dans la campagne, sur la plage ou au sommet des falaises surplombant la mer, furent soigneusement déposés sur un lit de copeaux chacun, à sa façon, l'épitomé d'un instant de félicité. Elles avaient pris l'habitude de déposer un de ces petits cadeaux de la nature sur le plateau de leurs hôtes, le dimanche matin, et s'étaient juré de continuer à faire de même chacune de son côté. Ce 'pacte de la ressouvenance', comme elles l'appelaient, elles en avaient si longuement parlé à l'approche de leur séparation > chaque dimanche matin, Aline devait explorer la campagne autour de Sainte-Ambroisine, à la recherche de ces merveilles que la nature offre si volontiers à ceux qui l'aiment. Elle les déposerait, comme à Weymouth, sur le plateau de chacune de ses pensionnaires : lueur dominicale dans la texture embrumée de leur existence corrodée par l'idée de l'approche de la mort. Et pour Aline, ces petits riens, à la fois offrandes et souvenirs-symboles, remettraient ses pas dans ceux de leurs anciennes promenades ...

Le taxi disparut à l'extrémité de la haie, là où la route quitte le bord de mer pour se diriger à l'intérieur des terres, vers Dorchester, Dora, debout au pied des quatre marches, s'attardait encore, indifférente à la lumière limpide du jeune matin fringant, tandis que tourné vers le large, son regard noyé cherchait déjà la France.

Debout, devant la fenêtre ouverte de l'office jouxtant les chambres du Service des Dames de Sainte-Ambroisine, Aline examinait une à une, les douze tasses de porcelaine, à contre-jour, méticuleusement, comme l'eût fait un mireur d'œufs, d'un geste expert et délicat, afin de s'assurer qu'il ne restait aucune trace sur le bord on au fond des tasses qu'elle allait déposer, tendrement, porcelaine sur porcelaine, au creux des douze soucoupes aux motifs raffinés du 'Royal Albert' que lui avait légué Dora et que son fils, rentré du Bhoutan, avait tenu à porter lui-même jusqu'à Sainte-Ambroisine. Chacune des douze tasses arborait un dessin différent évoquant un mois précis de l'année, des fruits, des fleurs et des feuilles enlacés, depuis les allègres frondaisons du printemps, aux ramures silencieuses et recueillies de l'hiver, en passant par les embrasements des mois d'automne plusieurs décors champêtres semblaient tournoyer sur le flanc et à l'intérieur des tasses et des soucoupes, comme un cortège de têtes de faunes couronnées de guirlandes tressées d'exquise façon, chacune à sa manière, selon le mois inscrit en lettres dorées à la feuille. Ces tasses, Aline les connaissait par cœur, ou plutôt avec son cœur, pour les avoir déposées sur le plateau matinal des hôtes du B & B de Dora : la délicatesse de leur dessin, la finesse translucide de la porcelaine, l'élégance du galbe avaient d'emblée fascinée Aline, car une aura chaleureuse se dégageait d'elles et le bruit ténu, discret, lorsqu'elle les plaçait sur leur soucoupe, suscitait en elle un élan de joie, une bouffée de bonheur chaque jour renouvelés et magnifiés : n'était-ce pas désormais une autre façon d'être encore avec Dora ?

Sept sons clairs écharpés d'un cartel s'éparpillèrent dans l'espace méticuleusement propre de l'office : sept heures du matin, un dimanche.

Par la fenêtre grande ouverte, un air frais gorgé de senteurs d'herbes et de terre humide de rosée offrait à Aline ses surprenantes odeurs, le soleil encore pâle habillait le verger en contre-bas, d'une lumière mate et blême qui le nappait de mystère. Aline, que le jour cru de midi fatiguait à présent, préférait le verger voilé dans la grisaille de l'aube, et tandis qu'elle préparait le petit-déjeuner de ses pensionnaires, elle respirait avec délice le matin neuf qui montait vers elle, à grandes goulées. L'impression d'épuisement s'était en partie dissipée, la musique, plus précisément le solo de flûte de Mercadante lui revint en tête et retrouva son charme allègre. N'était-on pas dimanche ? Toute dans l'expectative de sa promenade jusqu'au verger, pour revivifier leur pacte, même par-delà la mort de Dora, Aline retrouvait des forces, rentrait toujours du verger les poches lourdes de fragiles offrandes qu'elle disposerait sur chaque plateau, façon discrète et fidèle de souligner la vie à ses pensionnaires tentées d'en oublier l'éphémère saveur. Mais au fil des années, ses promenades dominicales s'étaient peu à peu écourtées dans l'espace sinon dans le temps, ses pas devenus incertains s'étaient faits plus étriqués : cette sortie attendue chaque semaine restait cependant la moelle de sa vie même si ces quêtes raccourcies par l'âge prenaient désormais des allures de défi, elles étaient non seulement un moyen de rejoindre Dora, mais encore l'aidaient à supporter chez ses douze pensionnaires les éclats de colère, les mesquineries, les passions jalouses qu'elle croyait arasées et abolies par le temps, l'habitude ou la faiblesse des sens. Que d'obstination : exacerbée jusqu'à l'os dans ces corps amaigris et quasi sans force ! C'était encore dans ces promenades-souvenirs qu'elle puisait constance et longanimité, passage obligé pour déchiffrer les mots mâchés avec la lenteur forcée des vieillards : phrases obscures dont le sens englouti ne parvenait plus à se faire message, mais où l'on sentait pourtant une force tenace, un vouloir entêté de traduire une idée, un désir, un souvenir peut-être...

Qui retiendra, qui comprendra vraiment toutes ces paroles égarées, indéchiffrables et indéchiffrées à jamais ? Aline se demandait souvent s'il existait un Dieu pour les comptabiliser, les répertorier, y aurait-il un temps de retrouvailles où les mots qu'elle guettait sur leurs lèvres atones retrouveraient un écho dans le cœur de vivants ?

L'énergie que lui avait inoculé l'espoir de la promenade du dimanche matin, lui avait aussi rendu l'allant de la jeunesse, ou plutôt l'illusion de cette dernière, mais qui , ce jour-là s'estompa de façon encore plus soudaine qu'auparavant : cette force qui l'avait momentanément soulevée de terre pour ainsi dire et gorgée un instant de plénitude, l'avait presqu'aussitôt laissé retomber, elle se sentait raide, endolorie et pesante, son corps semblait vouloir s'enfoncer dans le sol pour s'y encastrer insensiblement.

Par la fenêtre ouverte de l'office, les fraîches odeurs d'herbes et de terre couvertes de rosée montaient jusqu'à ses narines, mais son corps redevenu gourd, sa pensée redevenue vieille ne retrouvaient plus le chemin usé et rétréci de ses habitudes : ce matin-là, elle dut se rendre à l'évidence, descendre jusqu'au verger était au-dessus de ses forces, pour la première fois depuis son lointain départ de Weymouth, elle manquerait à sa promesse. En guise de compromis, elle choisit parmi ses propres souvenirs recueillis là-bas, douze coquillages nacrés d'arc-en-ciel et qu'elle entreprit de déposer un à un sur les plateaux qu'elle venait de préparer.

L'aumônier qui, chaque dimanche entrait la saluer

avant d'aller dire la messe, découvrit Aline inanimée, devant la table de l'office où onze coquillages près des tasses que le soleil caressait enfin prenaient vie dans cette jeune lumière, tandis que le douzième avait perdu ses reflets d'arc-en-ciel, celé dans la main d'Aline que la mort raidissait déjà. Blotti près de la douzième tasse, une petite plume d'oiseau, un duvet plutôt, émouvant et fragile, frémissait dans l'air léger, entré furtivement par la fenêtre ouverte...

Montpellier, le 15 Mars 1991

Table des matières

LA TERRASSE.. 1
LE CHEMIN 23
LE MAS 39
LE BALCON 55
L'ANGELUS 67
LE HAUT-GRENIER 73
LA CLEF 81
LA BALLE 89
L'OISEAU 97
LE POT DE CAMELIA... 105
TOUR D'IVOIRE... 121
LA JULIENNE 143
RUE PAVEE DU CHERCHE-SOUCIS 159
LE PALAIS DES VENTS... 169
L'ABONNEMENT 179
LA MAL-CARREE... 207
VOYAGE AUTOUR DE MES PLUMES 221
ILLUSION D'OPTIQUE 231
LE SERVICE DES DAMES 257

LA SURPRISE

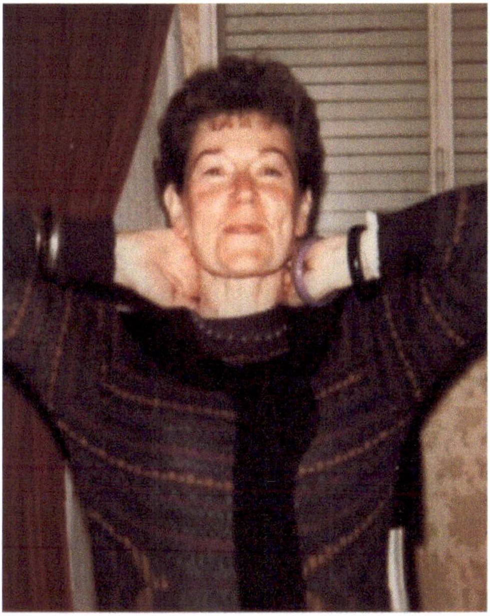